共和国故事

利在千秋

——全国大力开展禁毒斗争

周丽霞 编写

吉林出版集团股份有限公司

图书在版编目（CIP）数据

利在千秋：全国大力开展禁毒斗争/周丽霞编. —

长春：吉林出版集团股份有限公司，2009.12

（共和国故事）

ISBN 978-7-5463-1895-0

Ⅰ．①利… Ⅱ．①周… Ⅲ．①纪实文学 – 中国 – 当代 Ⅳ．①I25

中国版本图书馆 CIP 数据核字（2009）第 237799 号

利在千秋——全国大力开展禁毒斗争

LI ZAI QIANQIU   QUANGUO DALI KAIZHAN JINDU DOUZHENG

编写　周丽霞

责任编辑　祖航　息望　林琳

出版发行　吉林出版集团股份有限公司

印刷　三河市嵩川印刷有限公司

版次　2010 年 1 月第 1 版　　　2022 年 1 月第 8 次印刷

开本　710mm×1000mm　1/16　　印张　8　字数　69 千

书号　ISBN 978-7-5463-1895-0　　定价　29.80 元

社址　吉林省长春市福祉大路 5788 号

电话　0431 – 81629968

电子邮箱　tuzi8818@126.com

版权所有　翻印必究

如有印装质量问题，请寄本社退换

前　言

　　自 1949 年 10 月 1 日中华人民共和国成立至今,新中国已走过了 60 年的风雨历程。历史是一面镜子,我们可以从多视角、多侧面对其进行解读。然而有一点是可以肯定的,那就是,半个多世纪以来,在中国共产党的领导下,中国的政治、经济、军事、外交、文化、教育、科技、社会、民生等领域,都发生了深刻的变化,中国人民站起来了,中华民族已屹立于世界民族之林。

　　60 年是短暂的,但这 60 年带给中国的却是极不平凡的。60 年的神州大地经历了沧桑巨变。从开国大典到 60 年国庆盛典,从经济战线上的三大战役到经济总量居世界第三位,从对农业、手工业、资本主义工商业的三大改造到社会主义市场经济体制的基本确立,从宜将剩勇追穷寇到建立了强大的国防军,从废除一切不平等条约到独立自主的和平外交政策,从"双百"方针到体制改革后的文化事业欣欣向荣,从扫除文盲到实施科教兴国战略建设新型国家,从翻身解放到实现小康社会,凡此种种,中国人民在每个领域无不留下发展的足迹,写就不朽的诗篇。

　　60 年的时间在历史的长河中可谓沧海一粟。其间究竟发生了些什么,怎样发生的,过程怎样,结果如何,却非人人都清楚知道的。对此,亲身经历者或可鲜活如昨,但对后来者来说却可能只是一个概念，对某段历史的记忆影像或不存在，或是模糊的。基于此，为了让年轻人，特别是青少年永远铭记共和国这段不朽的历史，我们推出了这套《共和国故事》。

《共和国故事》虽为故事，但却与戏说无关，我们不过是想借助通俗、富于感染力的文字记录这段历史。在丛书的谋篇布局上，我们尽量选取各个时代具有代表性或深具普遍意义的若干事件加以叙述，使其能反映共和国发展的全景和脉络。为了使题目的设置不至于因大而空，我们着眼于每一重大历史事件的缘起、过程、结局、时间、地点、人物等，抓住点滴和些许小事，力求通透。

历史是复杂的，事态的发展因素也是多方面的。由于叙述者的视角、文化构成不同，对事件的认知或有不足，但这不会影响我们对整个历史事件的判断和思考，至于它能否清晰地表达出我们编辑这套书的本意，那只能交给读者去评判了。

这套丛书可谓是一部书写红色记忆的读物，它对于了解共和国的历史、中国共产党的英明领导和中国人民的伟大实践都是不可或缺的。同时，这套丛书又是一套普及性读物，既针对重点阅读人群，也适宜在全民中推广。相信它必将在我国开展的全民阅读活动中发挥人的作用，成为装备中小学图书馆、农家书屋、社区书屋、机关及企事业单位职工图书室、连队图书室等的重点选择对象。

编　者
2010 年 1 月

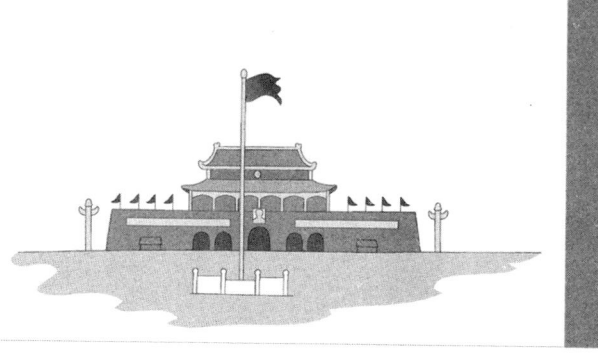

一、 制定法规

●《关于禁毒的决定》对走私、贩卖、运输、制造毒品和非法种植毒品原植物等犯罪活动的处罚都作了明确规定。

中央宣布成立禁毒机构

　　1990 年 11 月，在北京举行国务院第七十二次常务会，国务院总理李鹏主持会议，国家主席杨尚昆到会作重要指示。

　　会议主要讨论成立全国禁毒工作领导机构问题。到会人员每人面前放着一份自 20 世纪 80 年代以来，毒品在中国大地死灰复燃的情况报告。

　　报告指出：

　　自 80 年代国门洞开以来，时逢艾滋病与滥用毒品在全球蔓延，大批毒品从中泰、中缅边界开始通过中国海关和哨卡，沿"史迪威公路"，转道川、黔、桂、粤，进入香港，而海关人员的检查毒品知识和经验几乎是空白。因而毒品过境沿途扩散，从云南开始，迅速向邻近省区传播，然后再向腹地省区蔓延。

　　据统计，靠近边境的德宏傣族景颇族自治州受害最深。1982 年，有吸毒者 18 人，1990 年已达 1.5 万人。

　　1986 年 1 月 16 日，云南省平远街，公安干警抓捕贩毒犯马会礼时，遭数百村民围堵，武器被强行缴去。

1987年6月28日，数十名村民砸了平远派出所，打伤8名干警。

同年12月30日，平远公安分局及派出所被砸，并被投掷2枚手榴弹，伤及干警15名，烧毁警车和档案，5名在押犯人被放走。

在这个边陲小镇，贩毒贩枪几乎成了半公开状态。与此同时，罂粟的非法种植也开始了。

在会上，李鹏指出：

毒品的泛滥，导致了一系列社会问题的大量产生，极大地影响了我国安定团结的政治局面，我们绝不能等闲视之。

杨尚昆指出：

近些年来，由于国内外种种原因，某些地区私种罂粟，制造、贩卖和吸食鸦片等毒品的情况不断发生，国外走私贩运的鸦片大量流入内地，情况日趋严重，尤其是毒犯竟敢公然对抗执行公务的侦查员，这种性质是十分恶劣的。

杨尚昆指出：

对于私种罂粟和吸食鸦片的，必须限期铲除和戒绝。对于制造、贩卖、偷运鸦片和其他毒品的违法犯罪活动必须坚决打击，依法严惩！

会议决定，任命国务委员兼公安部部长王芳为全国禁毒工作委员会主任，公安部副部长顾林昉、国务院副秘书长席德华、卫生部副部长胡熙明、海关总署副署长钱冠林为副主任，委员会成员由有关部门的负责人组成。

禁毒领导机构的成立，标志着我国新时期的禁毒工作拉开了序幕。

人大制定 《关于禁毒的决定》

1990 年 12 月 28 日，在国务会议召开一个月后，第七届全国人民代表大会常委会第十七次会议在北京召开。

这次会议由全国人大常委会委员长万里主持。人大常委会第十七次会议上通过了具有里程碑意义的历史文献《关于禁毒的决定》。

《关于禁毒的决定》对走私、贩卖、运输、制造毒品和非法种植毒品原植物等犯罪活动的处罚都作了明确规定。

《决定》指出：

走私、贩卖、运输、制造毒品，有下列情形之一的，处 15 年有期徒刑、无期徒刑或者死刑，并处没收财产：

1. 走私、贩卖、运输、制造鸦片 1000 克以上、海洛因 50 克以上或者其他毒品数量大的；

2. 走私、贩卖、运输、制造毒品集团的首要分子；

3. 武装掩护走私、贩卖、运输、制造毒品的；

4. 以暴力抗拒检查、拘留、逮捕，情节严重的；

5. 参与有组织的国际贩毒活动的。

《决定》还规定了较为系统完整的法定刑。

在主观方面，司法机关可根据不同的罪名、不同的犯罪情节，在管制、拘役、有期徒刑、无期徒刑、死刑中选择与之相适应的刑种和量刑幅度；在附加刑方面，将罚金刑和没收财产刑从原《中华人民共和国刑法》第一七一条的"可以并处"，在《关于禁毒的决定》的绝大部分条款中规定为"并适用"，只有少数地方用"可并处"，提高了对犯罪分子处以财产刑的地位，为从经济上打击毒品犯罪分子提供了有力的法律保障。

《决定》第十条第三款规定：

单位有第二款规定的违法犯罪行为的，对其直接负责的主管人员和其他直接责任人员，依照第二款的规定处罚，并对单位判处罚金。

《决定》还要求有关部门严格按照国家的有关规定管理毒品和可制毒化学物品，从根本上截源堵流。

《决定》强调了对有关毒品犯罪累犯、再犯和国家工作人员犯毒品犯罪从重处罚。该《决定》第十一条第二款规定：

因走私、贩卖、运输、制造、非法持有毒品罪被判过刑，又犯本决定规定之罪的，从重处罚。

　　国家工作人员犯本决定规定之罪的，从重处罚。

　　在刑事法律中明确规定对某些犯罪的普遍管辖权，这实属我国刑事立法之首举。

　　《关于禁毒的决定》还规定了对毒品违法行为的行政处理的范围幅度。《决定》第八条规定：

　　吸食、注射毒品的，由公安机关处 15 日以下拘留，可单处或者并处 2000 元以下罚款，并没收毒品和吸食、注射器具。

　　吸食、注射毒品成瘾的，除依照前款规定处罚外，予以强制戒除，进行治疗、教育。强制戒除后又吸食、注射毒品的，可以实行劳动教养，并在劳动教养中强制戒除。

　　这一规定，将毒品问题极其重要的方面，即吸毒问题纳入了该决定调整的范畴，为此后详细制定有关吸毒问题的行政法规作了铺垫。

　　同时，该规定体现了对于毒品问题区别对待，宽严相济，行政、刑事并举的禁毒政策。

在人大常委会第十七次会议上，全国人大法律委员会副主任委员项淳一作了《关于禁毒的决定（草案）》和《关于惩治走私、制作、贩卖、传播淫秽物品的犯罪分子的决定（草案）》审议结果的报告。

他说，《关于禁毒的决定（草案）》根据一些委员的意见，对下列犯罪行为加重了刑罚：

1. 将草案第七条第二款中非法种植毒品原植物数额大的"处5年以上10年以下有期徒刑，并处罚金"的规定，修改为"处5年以上有期徒刑，并处罚金或者没收财产"。

2. 将草案第八条中引诱、教唆他人吸食、注射毒品的"处3年以下有期徒刑、拘役或者管制，并处罚金"的规定，修改为"处7年以下有期徒刑、拘役或者管制，并处罚金"。

3. 将草案第十一条中向贩卖、吸食、注射毒品的人提供国家管制的麻醉药品或者精神药品的"处5年以下有期徒刑或者拘役，可以并处罚金"的规定，修改为"处7年以下有期徒刑或者拘役，可以并处罚金"。

项淳一还说，有些委员提出，草案一些条文中"数量较大""数量巨大"的规定，应尽可能具体化。

因此，《决定》对草案第二条第二款、第三款走私、贩卖、运输、制造鸦片、海洛因的数额，草案第三条非法持有鸦片、海洛因的数额和草案第七条第二款非法种植罂粟的数额，作出了具体规定。

《决定》根据一些委员的意见，还在草案第二条中增加了一款：

> 对多次走私、贩卖、运输、制造毒品，未经处理的，毒品数额累计计算。

项淳一还对下列诸项条款进行了说明：

> 根据一些委员的意见，建议在草案第十一条中增加规定："向走私、贩卖毒品的犯罪分子或者以牟利为目的，向吸食、注射毒品的人提供国家管制的麻醉药品、精神药品的，依照第二条的规定处罚。"
>
> 有些委员提出，对毒品违法犯罪的处罚，不宜规定单处罚金。
>
> 因此，建议将草案第三条中的"可以单处或者并处罚金"修改为"可以并处罚金"；将草案第七条中的"可以单处或者并处3000元以下罚款"修改为"可以并处3000元以下罚款"。
>
> 草案第二条规定，走私、贩卖、运输、制

造海洛因 100 克以上的，处无期徒刑或死刑。有的委员建议，将海洛因 100 克以上改为 50 克以上。

对此，法律委员会专门征求了 9 个省、自治区和中央公检法等部门的意见。

云南等省、自治区和人大民委主张仍规定为海洛因 100 克以上，有的省、自治区和公安部主张改为海洛因 50 克以上。

此外，也有的部门主张将走私、贩卖、运输、制造海洛因 100 克以上，处无期徒刑或者死刑，改为走私、贩卖、运输、制造海洛因 50 克以上，处 15 年有期徒刑、无期徒刑或者死刑。

《关于禁毒的决定》体现了党和政府坚决禁毒的严正立场，使我国的禁毒法制更加完备，是 90 年代打击毒品犯罪最有力的法律武器。

该《决定》的颁布实施，对我国整个禁毒斗争产生了积极的影响。

国家修改有关法律法规

《关于禁毒的决定》施行后，为了适应新的情况下禁毒斗争的需要，1994年5月12日，第八届全国人民代表大会常务委员会第七次会议对《中华人民共和国治安管理处罚条例》的有关规定作了必要的修正。

该条例保留了原有的第二十四条和第三十一条的规定，增加了第三十一条第二款：

非法运输、买卖、存放、使用罂粟壳，处15日以下拘留，可单处或者并处3000元以下罚款，构成犯罪的，依法追究刑事责任。

但是，何种情节为构成犯罪，该法和有关法律中均未作出规定。

1995年1月12日，国务院根据《关于禁毒的决定》第八条的规定，制定了《强制戒毒办法》。

该《办法》详细规定了强制戒毒的对象，强制戒毒的主管机关，强制戒毒机构的设置要求，强制戒毒的期限，强制戒毒所的管理制度和措施；戒毒人员的脱瘾办法以及戒毒后的社会帮教措施等。

吸毒是毒品的最终归宿，是毒品危害最集中的体现。

我国 1995 年登记在册的吸毒人员已达 52 万人，形势十分严峻。遏制毒品消费是解决毒品问题之本的重要任务之一。《强制戒毒办法》的颁布实施，对于彻底解决我国的毒品问题，具有重要的意义。

1997 年 3 月 14 日，第八届全国人民代表大会第五次会议通过了修订后的《中华人民共和国刑法》，即简称"新刑法"。

新刑法第六章第七节共十一个条文规定了毒品犯罪。除第三五二条外，其他均由《关于禁毒的决定》汇纂而来。其特点可归纳如下：

1. 毒品犯罪罪名的规定更加合理。

新刑法保留了《关于禁毒的决定》确定的走私、贩卖、运输、制造毒品罪，非法持有毒品罪，包庇毒品犯罪分子罪，窝藏毒品、毒赃罪，非法运输、携带制毒物品进出境罪，非法种植毒品原植物罪，引诱、教唆、欺骗他人吸毒罪，强迫他人吸毒罪，非法提供麻醉药品、精神药品罪等罪名。新刑法还修改了《关于禁毒的决定》第九条容留他人吸毒并出售毒品罪，为容留他人吸毒罪；增加了非法买卖、运输、携带、持有未经灭活的罂粟等毒品原植物种子，或幼苗罪和非法买卖制毒原料或者配剂罪；并将《关于禁毒的决定》中掩饰、隐瞒毒赃性质、来源罪纳入新刑法第一九一条洗钱罪中。这样的规定，在立法上更科学，在司法上更有利于实践操作。

2. 毒品犯罪的罪状更加全面。

由于新刑法第三条规定了罪刑法定原则，第五条规定了罪刑相适应原则，因此在确定分则罪状上尽量做到概定全面，关于毒品犯罪的规定上也体现了这一点。该法第三四七条、第三五一条都详尽列举了罪状，这是旧刑法所不具备的。

3. 对单位犯有毒品犯罪的作出具体规定。

新刑法第三四七条第五款规定单位可构成走私、贩卖、制造毒品罪的主体。并规定对单位判处罚金，并对其直接负责的主管人员和其他直接责任人员定罪处罚。新刑法第三五〇条、第三五五条有关单位构成毒品犯罪的规定分别与《关于禁毒的决定》第六条、第十条的规定相一致。

4. 对走私、贩卖、运输、制造毒品罪不计毒品数量，一律追究刑事责任以及不以纯度折算毒品，体现了对毒品犯罪从严惩处的精神。

尤其是新刑法第三五七条第二款规定："毒品的数量以查证属实的走私、贩卖、运输、制造、非法持有毒品的数量计算，不以纯度折算。"有利于司法实践中具体操作，比以往的规定和司法解释科学。新刑法第三四九条对包庇毒品犯罪分子罪规定的法定最高刑为 10 年有期徒刑，比《关于禁毒的决定》中规定的法定最高刑 7 年有期徒刑有所提高。

新刑法第一九一条对洗钱犯罪规定的法定最高刑也为 10 年有期徒刑，也比《关于禁毒的决定》中掩饰、隐瞒毒赃性质、来源罪的法定最高刑 7 年有期徒刑有所提高。这些规定也都体现了对毒品犯罪从严惩处的精神。

5. 对毒品犯罪构成要件的规定更加合理。

如前述的不以毒品数量多少作为认定走私、贩卖、运输、制造毒品罪的标准；不以纯度折算毒品数量；以及新刑法第三五四条规定的容留他人吸食毒品罪中，取消了《关于禁毒的决定》第九条规定的"并出售毒品"的构成要件。

新刑法的这些规定比以前的各类法律法规都更科学，更易于操作，它避免了司法人员在实践过程中的弹性空间，增强了法律的尊严。

二、 内地禁毒

● 秦副大队长果断下达命令："既然是真货，就一定要弄到手。"

● 特警们追问刘铃玉："这些咖啡因究竟是从哪儿弄来的？"

● 局长当即指示："秘密调查此人的社会背景以及与之来往人员情况。"

开展首次跨省禁毒行动

1989 年 11 月 4 日，国家公安部接到一份十万火急的绝密情报：

经我特遣密使历时一年的侦查，现查明：甘肃广河县大毒贩"老刀"长期坐镇成都，与滇籍毒贩西昌单线联系，从其手中购进大量海洛因或半成品，转卖给聚集成都北郊的甘肃毒贩。其中半成品由马德运往甘肃加工提纯，就地消化；大部分毒品由马华等人贩往广州，转运香港。月成交量 10 万克左右。据悉，西昌近日活动频繁，向境外加工厂预订毒品达数十万克，将于 12 月上旬和中旬分批运抵成都。

负责情报处理的刑侦局局长、国际刑警组织中国国家中心局局长刘文立即召开全国缉毒会议研究对策。

来自四川、云南、广东、甘肃的刑侦、缉毒官员，言简意赅地汇报了本省核查贩毒线索及成员的情况。

会议经对纵横交错、复杂纷繁的疑线综合筛选，在东南亚地区的版图上，标出一条"缅甸—畹町—下关—攀枝花—成都—广州—香港"的跨省过境贩毒路线。

鉴于该案毒品数量巨大，涉案人员众多，地域分布甚广，公安部决定立案侦查，确定代号为"BP"。

为达到查清全案各个环节，摧毁贩毒集团，切断毒品运输线的目的，公安部决定，在刑侦局统一指挥下，实行川、滇、甘、粤四省联合侦查体制，要求各参战团体强化侦查意识，加强情报信息传递，适应跨地区、多警种协同作战。

公安部"BP"案卷里，记录着各地公安机关搜集汇总的侦查材料。

从材料中获悉："老刀"又名"孖老道"，常年流窜于川、滇两省及兰州等地。

社会上传说此人因贩毒发财，流动资金巨大。当地公安机关对其贩毒行为有所闻知，但未掌握确凿证据。

这一天，在川西平原腹地古刹宝光寺前，走来一个身体强健、气度非凡的青年男子。他既不像佛教信徒满目虔诚，也不像游人闲客纵目扫视，而是微锁眉宇，逐一细览，似乎欲在佛教禅宗大丛林的氛围中，悟出若思难解的人生之谜……

他就是我公安缉毒密使高原。

日前，他接到秘密指示，专程抵达四川，为的是查清毒犯的行踪，然后一网打尽。

当初奉命从闹市遁迹后，他真模真样地做起了药材生意，足迹遍布云南丽江、楚雄、下关、巍山等地，最后去到德宏地区。

　　周旋数日，他隐隐约约窥见黑道门路，但要不露破绽挤进去，还需寻找一条通幽曲径。

　　一个清风徐徐的傍晚，他到一家娱乐厅消闲，遇见了舞姿出众的缅甸女郎玛丹丹。他从她热情奔放的性格中觉察出了她的幽怨与痛苦，那种刻意掩饰的难言之隐，极可能就是自己寻觅毒品贩子的最佳突破口。

　　随着诱人动情的美妙旋律，他发动了温文尔雅的攻势，渐渐感受到双手传导的心律节奏；从她那双玉藕小臂的斑斑针眼中，窥见了毒贩的行踪，并打入贩毒圈子，从而顺藤摸瓜，秘密探查，终于获取了价值非常的贩毒情报。

　　在一年多的日子里，高原以特殊的身份，过着非人非鬼的生活，在滇西、陇南、成都、广州的隐蔽角落，目睹了白色幽灵赚取的巨大利润，瞥见了可悲瘾君子虽生犹死的惨烈景状。

　　残酷的种种现实，虽使他时时受到高强度刺激而义愤填膺，恨不能奋臂逞威，解除罪恶。但为了大局重任，他不得不捂住胸中的熊熊怒火，扮演着永世难忘的双重角色。值得欣慰的是，在罂粟的播种季节，他将收获"罂粟花"结出的果实。

　　几天后，一辆"尼桑"轿车神秘地驶抵香城宾馆，少顷，两名男子陪同高原坐上车，拐上宽敞的川陕公路，朝成都方向疾驰。

　　成都，是这起贩毒案的中转站，也是本次缉毒战役的"一期工程"。能否在瞬息万变的势态中把握良机，一举突破，关系到整个战役的胜负。

11 月 30 日，四川省公安厅秘密召开成都、攀枝花、京山三市、州缉毒会议。

副厅长胡志华向到会官员通报案情，传达北京会议精神，就四川此次担负的重任进行分工部署，要求强化警力，控制毒品运送的必经之地，各站卡增派的力量及意图暂不暴露，让毒品在不受惊扰的情况下运达成都，为实施第一战役的猎捕方案创造必备条件。

成都火车站外的人民北路是一条商业大街。尤以路东最为繁华，这里有一家宽不到 3 米的门面，挂着一幅布帘招牌，绿色布底上缀着弯月星辰，绣有"景泰清真食馆"字样。

据便衣探员多次摸底掌握，因店主原籍陇南，所烹菜肴具有地道的"兰州风味"，时日一长，便对常来常往的"穆斯林"产生了凝聚力。一些大帮行踪不定的甘肃毒贩也相中了这里，他们以食客身份时聚时散，干着不能见天的罪恶勾当。

"星月"布帘下的一切，都处于警方最现代化的监控之中，所有信号经过滤波检索，均汇集到了四川公安厅。

12 月 10 日中午，一辆出租汽车紧靠绿化带停下，高原付给司机一张大钞，示意他不必找零，推门下车，径直走进景泰餐馆。

高原曾几次光顾此地，跟店老板和小伙计都有点头之交，见他一别数日再度光临，老板满脸堆笑亲热招呼："稀客呀！半年多没见你，上哪儿发财去了？"

高原含糊其辞地回答："唉，人在江湖，身不由己呐！老板，你的生意……还好吧？"

"跟前些时差不多，勉强混得走。"

老板是个生意精，对谁都从不亮底，话到嘴边也要留半句。寒暄完毕，老板欠欠身，吩咐内堂备菜，转身又忙着应酬招揽正在门外犹豫不决的顾客。

高原津津有味地独斟自饮，一副快活酒仙的神态，其实他早已将堂内几张餐桌的食客扫描数遍，有几张虽是从未照面的脸孔，口音却分辨得出是甘肃广河客商。

高原心中十分愁烦焦虑：

今天是上旬的最后一日，还没见云南方向来人，会不会广州东窗事发，引起滇西毒贩警觉，不敢贸然行事而按兵不动，观测风向？果真这样的话，日后再也难逢良机了……

小伙计端来一碗素菜汤，恭敬地征询高原还要不要点菜，这时一个眼眶凹陷、腮部瘦削的中年人接茬道："要，再来几个风味菜。"说着坐在餐桌一侧。

高原有些惊异，这不是云南巍山的朱雄吗？他乡遇友人，自然应畅饮几杯。不过，双方并非闲客，都暗中控制着酒量，以免酒醉误事。

高原在下关活动时，曾以"老刀"心腹马仔的身份和朱雄有过接触，也探知他常在西昌手下接小批量毒品，转卖给当地贩子零售。

大凡毒品贩子都不轻易到陌生地方闯关，只能搞"接力赛"，各赚一份利。可他突然在成都出现，恰恰又是云南供货的紧要日子，会不会与之有关？

望着朱雄那片稀疏的枯发，高原觉得很有必要抛砖引玉、投石问路。

"朱兄最近做什么买卖？"高原用手掌撑住额头，不灵活的舌头弹出音调不准的问话。

"我嘛，还是跑江湖行医，送药除病，老行道。你呢？"

"一切照旧，进口转外销。"

朱雄足足盯视了高原半分钟，脑子里飞快盘算着如何吐出话丝，他点燃一支"万宝路"，在一团浓烟中裹着一句低调："听说，有批货已经到了，不晓得货主是哪路客商，如果你有兴趣，我帮你打听去。"

"算了，别去乱撞，我只接'老刀'这条线的货，这是他千叮万嘱的。我倒想，遇事必须首先谨慎，生意要做，脑袋也不能丢。"

高原看了看店老板的背影，掏出皮夹准备算账。

朱雄连忙摆手，把头偏过去问："兄弟，你打算做多大的生意？"

高原擦擦嘴，说："太小了没意思，反正做小做大风险都一样。我这人虽然没名气，但有脾气，如果货真价实来路可靠，几十万怎么样？"

"这个……到底多少，能不能准确点？"

"50万。"

"好，一言为定。还是老规矩，货方安排碰头时间。"

次日下午，高原回到锦江宾馆814客房，马上抓起话筒，与相距不远的秘密联络点简洁通话，报告了景泰餐馆的最新动态。

重大线索使两名守点的"皮货商"一扫倦容，飞车直奔公安厅送达急报。

很快，昼夜不懈的智囊们紧急聚会，遵循公安部"控制下交付"的原则，争献高招良策，谋划出智斗巧取的猎捕方案。

若干条公安专用通信线顿时大忙，紧急传达公安厅要求加强各观察哨侦控力量的命令。

11日傍晚，北二环路的观察哨发现可疑情况：受到控制的一家穆斯林旅行社有3名形迹可疑的甘肃人进进出出，其中一人拎着皮革密码箱，显得很拘谨。经观察判断，估计箱内装有相当贵重的物品。

早在侦查工作开展之初，专案组就根据便衣侦查的情况，将这个毒贩云集的窝点列为特级目标，全天候控制。此时出现的3个鬼祟人物，其行为多多少少暴露了身份。

事关重大。省厅领导、专案组负责人和组员刻不容缓，火速赶到旅行社所在辖区的驷马桥派出所，根据贩毒主次线索，反复查实理顺3人与贩毒集团头目的隶属关系。

当判明他们和主线无直接关联，并表现出急于出走的迹象后，决定网开一面，待其离开成都再缉捕归案，以免打草惊蛇，影响主战场的重大行动。

夜幕笼罩的北郊公路，流动观察哨环环相扣，侦查员终于在午夜落实了皮革密码箱的准确搁放地点。

紧接着，公安厅指示铁路、民航公安部门严阵以待，牢把关口，秘密控制毒贩行踪，3人在广州白云机场刚露面，就被数名面孔冷峻的剽悍便衣强行簇拥，3人情知不妙，明白受到如此特殊关照，是因为密码箱里的3000克海洛因。

锦水岸畔的锦江宾馆因隶属旅游局，所以来蓉外宾大都在此住宿，但在旅游业竞争日趋激烈的形势下，这家三星级宾馆也适应国情，不分内外，热情恭迎国人光临。

案情的发展，确定要在这样一个不容惊扰的特殊场所布阵设伏，无声地揭开缉毒战幕，其难度可想而知。

连日来，猎捕方案的设计者绞尽脑汁，反复推敲，左右权衡，尽可能把困难设想得更多，把误差压缩到极小。但在临近行动的时日，现场中心的指挥室和各受其命的战斗员，无不怀着两种复杂的心情：万无一失的信心，挂一漏万的担心！

上午，专案组决策官员进入宾馆212房间，设立现场指挥中心。通过先进的通信设备，指令外侦组、观察组、内控组、行动组全部进入阵地哨位。

午后，高原乘电梯下到底楼，随意看了看服务台，从容潇洒地走向大厅。

他在火车站一家招待所客房里，见到了朱雄和一个甘肃小毒贩马忠。他们先要看50万现款。高原满足他们的愿望后，终于引出了滇籍大毒贩西昌。

西昌拉开距离，跟在朱、马二人的身后，来到一家大酒店。

西昌迫不及待地打开皮箱，一看捆扎齐整的大面额钞票，猛然一怔，脑子里闪过一道阴影。他了解银行现金支取制度，要想一次性支取50万元，那是相当困难的……

"怎么样?"朱雄开心地问。

西昌厉声回答："完了! 我们已经被人家算计了。这钱有问题，很可能是公安局设的圈套。"

"不会的，"马忠竭力辩解，"我和他不是打一两次交道，什么底细不清楚!"

西昌恼怒地挥挥手，不让他俩瞎唠叨。他想，假如这是圈套，那么这个地区、这个城市一定层层设防，密不透风，就是插翅也难逃离……要是车上没有货，要是装的洗衣粉，即使出事，也没把柄，可现在，一切都如木板上钉钉子，只有使劲往下砸。

西昌踱到大厅南侧的长廊酒吧，选了一张角度合适的空座，正对调酒台。墙上镶着一面大玻璃镜，抬头就能看到酒吧的全景。然后，他让朱雄速去出货。

这时，走来3个青年，各占一方椅子坐下，形成一个"众"字格局。

西昌心里一惊，暗暗叮咛自己，千万不能慌神，也许萦绕脑际的疑虑都是太紧张的缘故。他搅着咖啡，一口口小啜，好像正尝出麦氏咖啡的无尽香味。

朱雄来到814房间，喘着粗气，从肩上卸下提包，蹲在地上，只听"嘶——"的一响，提包张开大口子，亮出一袋袋的粉状东西。

不用验货，高原一眼就辨出是"金三角"的优质"狮"牌白粉，禁不住叹道："好货！"

朱雄得意洋洋地瞥一眼马忠，站起身子掏烟抽。

马忠迫不及待地提出："高兄，拿钱吧。"

高原谨慎地挥挥手："别急，我看看。"一溜步子走过去，轻轻拉开密闭门，伸出头去，用极快的动作将门把手上的挂牌翻个面，合上门，转过身来，放心地点点头："平安无事。"

马忠十分麻利地从提包内拣出毒品，往一个皮箱里码放。

过道尽头，一个服务员一直站在服务台，目不转睛地注视着动静，当她发现814房门挂出"请勿打扰"的红牌时，兴奋而紧张地抓起对讲机，用极简练的规范语言，向指挥中心报告行动时机已到。

212房间里，一直敛声屏息，关注交货现场的毛副局长及刑警大队官员顿时为之一振，刑侦处长老古下意识地一握拳头，简洁发令：

全体行动！

霎时，813、815 两间房门突然开启，冲出 10 多名荷枪实弹的剽悍壮士，一个个犹如雄鹰猛虎，扑进 814 房内，占据了 15 平方米的空间……

与此同时，底楼酒吧也在悄然围捕滇籍毒贩。

与西昌同桌的 3 个青年同时听到内衣传出蜂音鸣叫，他马上起身，颠倒排列，一齐伸出手，貌似亲热地把住西昌的大臂，使其两肩负重，无法站立起来实施反抗。

西昌缓缓站起身，不甘心地环视周围，一张无力挣破的巨网就布在这灯火辉煌的大厅内外；他试图抬腿挪步，双脚一点不听使唤，酥软得像抽了筋；他万念俱灰地叹息着，走出这片璀璨银河，就是绝壁下的无底深渊。

经过审讯，西昌交代了他的罪行："我从 1985 年开始贩毒，去年和甘肃的'老刀'挂上钩，先后合作 5 次。今年 10 月，我们借成都召开全国糖酒会之机，成交了 200 多公斤海洛因……这次入川，我带了 217.5 公斤毒品，在云南下关卖给当地毒贩 20 多公斤，到了成都，朱雄买去几公斤，卖给……"

根据西昌的供词，专案组在继续审讯挖余罪的同时，火速出兵，一路直插他在人民北路租赁的住宅，从黑巢里搜出海洛因 56 公斤、氰化钾 750 克、黄金 695 克、M20 手枪一支、子弹 19 发。

另一路警力驱车奔驰，四处查找他在本市的几个关系人，从其住处缴获毒资 30 余万元。

成都战区的行动，成功地揭开了这起特大贩毒案的缉毒战幕。紧接着，专案组挥师南下，在大渡河畔巧设鱼饵，列阵布防，再创战绩。

12 月中旬，四川省公安厅指示石棉县公安局：周密部署，严加检查，务必控制截获一辆近日入境的运毒卡车。

这是一道死命令，其成功与否，直接关系到云南战场缉毒方案的实施，稍有疏漏，必将导致全案诸多环节松动失控，造成难以补救的损失。

16 日凌晨，20 余名干警组成的行动队悄然离开县城，开赴川滇要道的最佳路段回隆乡。担负观察、检查、突击任务的行动组员各就各位，各司其职。

严冬封锁了大地。柏油路面刷了一层水凌，既坚硬，又滑溜。来来往往的汽车都控制着车速，不敢有丝毫马虎。

雾起林壑，蜿蜒的山道上，缓缓移动着汽车的防雾灯光，除此之外一片迷茫。来自自然界的干扰，更增强了每一名行动队员的责任心和警惕性。

18 日中午，设在卡子一公里处的观察哨报告：目标出现！

指挥官神采飞扬，下达了行动预备令，随即从望远镜里观望各组的备战动态。

此前，他们设想到可能发生的各种情况，在堵截路段的岔道上停放几辆大型货车，以防止运毒汽车亡命冲关时出动拦截，形成移动式路障；还在公路两旁埋伏装备精良的便衣警察，以应付不测险情，有效地控制局面。

弯弯曲曲的公路上，一辆灰白色东风牌货车驶来，守在卡子的警察看清车牌照，挥动禁令旗，示意停车受检。

例行的交通安全检查在正常气氛中进行。司机泰然地出示了驾驶证，眼神流露出自信。

警察看罢执照，问道："你叫叶良？"

"是。"

一听这个记得烂熟的名字，另两名警察迅速靠上去，站到了下手擒拿的最佳位置。

叶良猛然感到势头不对，但已处于三鼎重压之下。

三张铁青的面孔没有吭声，用冰冷的手铐向他宣告了可悲结局。

搜索汽车，查无毒品，勘察人员拆掉巧妙伪装的汽车部件，从经过改装的储水箱里，搜出68.5公斤海洛因。

石棉境内截获大量毒品，为推进案情、转移战场打下了基础。

12月21日，公安部就此案进展情况和近期紧急任务向滇、川、粤、甘四省公安厅发出通报，肯定了成都捕获毒贩、石棉截获毒品的成绩，并对主战场转向云南提出了具体要求。

当天，四川专案组飞抵昆明，会同公安部缉毒官员及云南省厅负责人，召开了川滇两省联侦会议，德宏州被列为缉毒前沿，他们决定顺线而下，选点出击。

1990 年元旦，高原奉命赴滇，诱蛇出洞，住进下关宾馆。高原受命以西昌的名义，向甘肃广河拍发电报，欲钓"老刀"上钩，南下时相机捕获。

高原走出电信局，返回宾馆途中，忽然瞅见一张熟悉的脸孔，定睛一看，顿时大喜过望，那人竟是踏破铁鞋寻找的"老刀"！

他乡遇故知，本应畅饮两杯详叙别后之情，但"老刀"急着赶到昆明，已经买好了客车票。

原来，"老刀"10 月 24 日住进四川宾馆 42 号房间，趁成都糖酒会客商云集、交易火热之机，跟西昌做成了 200 多公斤的毒品生意，紧接着转手翻倍，批给马华等专跑川粤一线的毒贩，岂料于 10 月 27 日一举破案，人赃俱获。

信息灵通的"老刀"得到噩耗，当即退掉客房，潜回老家躲藏数日，向畹町发出报警急电，随即一头扎到山清水秀的洱海边，在情妇家息影避风。其间，他仍时常打探外界动静，从家乡来的贩子口中得知广河不少同伙纷纷就擒。

躲过了广州"十二七"大逮捕的马华也落网成都。噩讯传来，大势不妙，"老刀"思之再三，决定卷带巨款金蝉脱壳。

见到高原，"老刀"的心病当即消除。他虽是闻名黑道的毒品大亨，拥有万贯毒资，但对毒品圈外的世界却知之甚少，渠道有限。他清楚眼前这条汉子为人豪爽，颇善交际，关系广泛，除了星星、月亮、太阳不能弄到手，几乎没有为难的事儿。

正是出于无可奈何与绝对信任，他才泄漏天机，和盘托出，请高原穿针引线，愿以重金买个出国护照，不管是哪国，有了栖身之处再谋他途。谈话中，他还托高原帮忙兑换巨额美金，以便日后去他国开销。

高原没有推诿，答应择日北上，先去某外国使馆试试，假如办护照时间过长，再去另一外国使馆。

临别时，"老刀"跟高原约定次年元月9日在兰州会面。

根据高原的观察探底，"老刀"随身既无毒资，又无毒品，考虑到诸多因素，担负川甘战线侦破任务的四川专案组决定欲擒故纵，另择行动佳机。

参与侦破此案以来，甘肃省、市、州、县公安机关认真执行公安部指示，在本省展开摧枯拉朽的扫毒战，使一大批贩毒分子难逃法网，遭到灭顶之灾的打击。

围捕"老刀"的时机终于来临。

1月上旬末，继公安部缉毒官员先期到达后，负有蜀陇通道缉毒要务的数名川警也飞抵兰州，与甘肃警方协同作战。

为确保此次行动万无一失，甘肃警方精心运筹，从省厅、市局挑选百余名悍将射手，编成指挥、狙击、追捕等若干个行动组，同时调用 4 辆出租车，以备案情发展之需。此外，还有数支装备精良的机动化警力控制外围，扼住公路、铁路、民航等重要通道，形成密闭式包围圈。

1 月 8 日晚上，担负监视任务的小组全部进入各个哨位，对甘家巷 92 号实行交叉监视。

翌日清晨，"老刀"钻出乡下黑窟，乘早班车窜入兰州市内，躲进甘家巷秘密住宅，等候高原按时赴约。

夜幕悄悄降临，一队队轻兵骑士闪电行动，将监视的建筑目标围得水泄不通。经巧施妙计，"老刀"在与警察的对抗中被击毙。

1990 年 3 月 23 日，公安部发出祝捷电。

电文说：

由公安部统一指挥，四川、甘肃省联合侦查的这起特大贩毒案，经全体参战干警历时 4 个多月的艰苦侦办，昼夜奋战，密切合作，已获全胜。此案共捕获毒贩 53 名，缴获海洛因 207.5 公斤、毒资人民币 195 万元、美钞两万元、黄金 800 克、氰化钾 750 克、手枪 3 支、子

内地禁毒

弹47发、汽车4辆、摩托车两辆、拖拉机一辆。

文中对参战单位和人员给予了高度评价：

　　你们忠实执行公安部为此案确定的指导思想和总体方案，用智慧和力量同毒贩进行了艰苦而巧妙的周旋，不避艰险，周密设计，主动进攻，诱敌深入，使此案的侦破取得了圆满的成功，显示了中国刑警的缉毒水平和中国政府的禁毒决心，公安部谨向你们表示崇高的敬意和诚挚的慰问。

沈阳一举破获贩毒团伙

1995 年的第一个周末，沈阳市公安局治安特警支队二大队办公室，侦查员们还沉浸在假日的欢乐中。

突然桌子上的电话铃响了，值班员拿起电话，神色慢慢变得严峻起来。据内线报告，有一个女贩毒犯要以高价格出售 25 公斤"白面"。

二大队的特警们抓获过不少贩毒吸毒的罪犯，可今天还是头一次遇到 25 公斤这个数量，可以说，这是个在全国都少见的大数目。

特警大队长海光明、副大队长秦毅等人经过周密研究后，制订了放长线钓大鱼的抓捕方案。他们先派便衣特警把对方要出售的咖啡因样品取了回来，当天把 10 毫克"白面"急送辽宁省公安厅刑侦技术检验所检验。

辽宁省公安厅的刑检技术人员马上化验分析，很快检验出"白面"的成分，并用电话速报特警二大队。检验报告的结果是："高纯度无水咖啡因。"

特警二大队的海大队长、秦副大队长果断下达命令："既然是真货，就一定要弄到手。"

他们紧急凑钱，决定"买"下这批货。

经便衣与对方商定好，第二天 17 时 30 分，在沈阳市北市邮局门前，一手交钱，一手取货。

17时30分，秦毅副大队长指派二大队一中队的8位特警前去北市邮局，来完成这个任务。

一中队队长胡军接受任务后，与大家一起换上便装，揣上手枪，立即出门。

为了不暴露身份，他们没有乘坐警车，而是分乘两辆出租车趁着徐徐降下的夜幕直扑北市邮局。

这天，正是农历小寒，严冬的傍晚，北风格外刺骨。怀揣巨款的特警王阳等人，在接头地点苦苦等待。

过了半个小时，还不见上货人的踪影。王阳暗想，莫非是走漏了风声？

便衣特警们在寒风中冻得浑身直打战，但谁也不敢有半点疏忽。夜幕中，他们雪亮的眼睛在警惕地注视东西走向马路上的车流、人流。

当时针指向18时30分时，一辆黑色捷达出租车悄然停在了北市邮局的门前。特警们把目光紧紧盯在了出租车上。

这时，从车上走下来一个30多岁的女人，她身体瘦高，打扮入时。只见她紧走几步，来到了王阳身边。王阳在黑暗中分辨出此女人正是上货人。这女人浓妆艳抹，纹着又黑又深的眼线，像个可怕的骷髅。

她认出买货的王阳后轻声说道："货带来了，我看看钱。"

王阳十分自如地打开皮夹克的拉锁，拿出3包包着百元大钞的包。这女人一看包里全是百元的大票，便深信不疑地指着出租车的后门说："货在这。"

只见出租车的后排座里放着一个麻袋，打开麻袋，里面装着一个沉重的圆木桶。木桶上端的中文"无水咖啡因"5个字清晰可见，后面有英文字母，再往上印有"中国制造"的英文字母。

王阳看人货俱在，便在身后打出了个暗号。

散布在四周的便衣特警看见信号，转眼间出现在他们面前，6支黑洞洞的枪口对准了她。待女贩毒犯清醒过来时，她已坐在了特警队的硬板凳上。

抓获女贩毒犯，缴获25公斤咖啡因，这是二大队特警们缉毒几年来的特大战果，在国内外缉毒记录上也是罕见，这一仗打得真漂亮。

特警们顾不得休息，挑灯夜审女贩毒犯。

几个回合下来，她交代她叫刘铃玉，今年37岁，是辽宁省铁岭市双井子镇艳东村村民。这25公斤咖啡因，是她从沈阳市中心广场北六马路的一个住宅楼四楼一居民家中取出的。

特警们紧追不舍，问她是否还有货。刘铃玉支支吾吾说出，那家中还有一桶货。特警二大队的副大队长秦毅看了看手表，此时已是20时多了。他果断地下命令，迅速出击，绝不能让这桶毒品流失。

特警们在夜幕中押着刘铃玉，驱车向中心广场北六马路的这户人家驰去。

来到那家门口，特警们持枪躲在两旁，刘铃玉上前叫门。开门的是一个20多岁的女青年，特警们用枪逼住了她，喝令其交出屋内的咖啡因。女青年无奈地指了指屋内的桌下说："东西在那。"

这一桶与刘铃玉贩卖的同是25公斤重的咖啡因。

回到特警队，已是21时许，特警们又分头审讯刘铃玉和刚刚抓回来的孔明善。

从年龄和作案手段来分析，刘铃玉是个知情更多的女人。特警们把主攻目标瞄准了刘铃玉。

特警们追问刘铃玉："这些咖啡因究竟是从哪儿弄来的？"

刘铃玉不语。

经过几个小时的车轮战术，刘铃玉终于抵抗不住了。

她交代说，这些咖啡因是她从沈阳东陵区的张牛黄家中上的货，张牛黄的手中还有两桶50公斤的咖啡因。

这意料之外的案情，使特警们兴奋不已。大家忘记了寒冷，忘记了疲惫，忘记了饥渴，小伙子们押上刘铃玉，再次驱车奔袭东陵区汪家乡上伯村的张牛黄家中。

警车在沈阳至抚顺的高速公路上疾驶，仅一个多小时，按照刘铃玉的指点，便来到了张牛黄家门口。

还是刘铃玉上前叫门，门里应声的是个女人。

门开了，一个梳五号头、面色白皙的青年女人站在门口。特警们迅速上前，把这个女人控制住。

原来，这个女人是张牛黄的妻子，名叫李春石，今年33岁。

特警们问李春石："张牛黄哪儿去了？"

这个女人小声地回答："有病住院了。"

特警们又问："住在哪家医院？"

女人说："东陵结核医院。"

"住院多长时间了？"

"一个多月了。"

特警们的目光在屋内搜索着，见靠北墙果然有两个圆木桶，可打开一看里面是空的。屋内外搜遍了，可仍不见剩下的两桶咖啡因。

带队的一中队队长胡军，别看他只有 4 年警龄，但在指挥侦破此案中沉着冷静，判断准确。他决定兵分两路，一路去东陵结核病院抓捕贩毒要犯张牛黄；另一路去张牛黄的养鸡场，继续搜查那两桶咖啡因。

此时已近午夜，两支缉毒特警小组分头行动。

胡军率队直奔东陵结核病院，为了不打草惊蛇，特警们来到结核病医院后，并没有通知院方，而是按其妻李春石指点，直接来到张牛黄的单间病房。

面对一支支枪口，张牛黄顿时明白了怎么回事。

张牛黄 46 岁，是个吃喝嫖赌抽五毒俱全的人。他通过种种手段在农行贷款 50 多万元，又与市财经学院合作办养鸡场。现在赔个底朝天，养鸡场倒闭，合办的市财经学院把他告上了法庭。

尽管如此，已患肺结核二期的张牛黄，又把发财希望寄托于贩毒。

张牛黄瘦骨嶙峋，痨病缠身，早在1989年冬，就托刘铃玉从吉林市花1.5万元买来4桶共100公斤咖啡因。

据缉毒专家认定，这既是生产精神药品的原料药，又是国家明令禁绝的毒品。由于没有找到合适的机会出手，一直压在张牛黄处。

就在抓获张牛黄的同时，另一路特警来到了张牛黄的养鸡场。这个养鸡场曾养过数万只鸡，规模很大，现在倒闭，现出萧条衰败的惨景。特警们紧张地搜寻着，最后，大家来到了养鸡场仓库面前。午夜里，黑乎乎的仓库，什么也看不见。

没有仓库钥匙，特警们打开窗子，打着手电跳进仓库搜查。在一堆杂物中，特警们发现一个鼓鼓囊囊的麻袋，打开麻袋，果然是两桶沉甸甸的咖啡因。

这起被称为国外罕见、国内首案的贩毒要案虽然破获了，但此案留给人们的思索是沉重的。

川中摧毁跨国贩毒集团

1997 年春，川中大地传出一条令人振奋的消息：

一起特大跨国贩毒集团案告破。

此案摧毁 3 个贩毒团伙，查获的 3 个贩毒团伙涉及境外和国内 5 省市 27 个县市共 55 名毒贩，斩断了由毒源地"金三角"伸向四川省腹地的 3 条地下贩毒走廊。

人们不禁要问："金三角"离我们这么远，毒贩们是怎样把毒品运进来的？四川腹地也出现了大宗贩毒，这可是解放以来从未有过的事呀！

事情还要从川中小城岳池县说起。

1996 年初夏的一天，穿着便衣的岳池县公安局副局长江涛在县集市上巡查的时候，路过一家"时髦"的时装店，被一群看热闹的人吸引住了。

原来，在时装店门口，店老板娘和一位乡下赶集的中年妇女正在争吵，老板娘拉着赶集妇女的衣服说："你还没有给钱呢，这衣服不能穿走。"

中年妇女争辩道："我刚在屋里已经给了钱的，你怎么倒打一耙呢？"

两人正说着，店里的老板出来了，此人大约 40 出头，虎背熊腰。他气冲冲地走到赶集妇女跟前，大声地说："哼！你就是没有付钱，快把衣服给我脱下来！"

围观的人越来越多，一个知情者悄悄告诉后来的人说："人家那人就是给了钱的，我都看见了，这老板是看到乡下人好欺负，想讹人家钱的。他们干这样的缺德事有好多回了，没人敢惹他。"

听到这里，江涛在人群中再也忍不住了，他拨开人群，对买衣服的妇女说："大姐，没关系，今天我给你做主了，你把衣服穿走就是。"

江涛的话未说完，店老板就凶神恶煞地凑到他面前说："你是什么东西，敢管老子的闲事。老子一会儿叫你爬着走！"

江涛一脸怒气，伸直了身体，问老板："这事我管定了，你想怎么样？"

店老板见江涛还没有自己耳朵的位置高，便一把抓住江涛的衣服，嚣张地挥舞着拳头，向江涛袭去。

江涛稍一躲闪，店老板便扑了空，他气急败坏地又向江涛扑过去。

江涛不再闪躲，他一个扫堂腿，把店老板摔倒在地。

店老板"哎哟"一声，从地上爬起，摸着摔疼的部位蹭回店里，一边后退一边吼道："你给我记着，老子以后跟你算总账！"

看见店老板退回了店里，围观的人群逐渐散去，有好事的群众悄悄议论："这店老板今天算是遇见对手了，真是教训得好哇！这个家伙原来是好吃懒做的一个人，把家里的贵重东西都卖了还债的，这两年他好像是在云南搞什么发了财，在这里开的小店，不过坏毛病还是一点没改，净欺负人！"

说话人无心，听话人却有意。江涛从集市回来后便一直想群众议论的话，那家店主既然是好吃懒做的人，那他又是如何去云南不久就发上财的呢？莫非他是到那边去贩毒？

江涛将自己遇到的事和猜想一五一十地向局长晋尧作了汇报。

局长当即指示："秘密调查此人的社会背景以及与之来往人员情况。"

经过调查得知，那人名叫颜军，41 岁，原某厂合同制工人，1992 年辞职，1993 年在云南边境开矿，收入平平。1994 年到 1995 年突然暴富。近来有几名外地口音的人穿梭于颜军家。

据说，这伙人近期将再次离开岳池去云南。

有了这些调查结果，晋尧、江涛两位局长立即断定，这一定是一个不法团伙，一定不能让他们继续作恶！

侦查员又在几天后为晋尧和江涛带来了新的消息，原来，颜军果然是去云南运毒品的，并带回了 1000 多克海洛因，正在四处找买主。

江涛副局长想办法从颜军手里搞到了样品，用土办法检验鉴定，基本可以确定为高纯度海洛因。

他与晋尧局长研究，决定立即采取行动，提前收网，既打上家，又打下家，一网打尽，同时将案情和方案及时报告广安地区公安处明川副处长。

刑侦队员兵分两路，一路监视着颜军的一举一动；另一路巡查着可疑情况。他们推断，毒犯挥霍无度，可能住高档宾馆，于是他们查了大小 80 多个旅社，获悉有外地口音的人先后在开发大楼、发展旅社住过。

又过了 4 天，中午时分，他们终于查到这伙人住在东方旅社 203 房间。侦查员们以各种身份住进了 201、205 房间以及 203 对面的 204 房间。

子夜时分，晋尧局长带领刑侦人员一举将 3 名外地口音的人抓获，立即进行审讯。他们果然是毒贩，这 3 人交代了全部贩毒事实。

这个团伙以一个叫易明的为首，由易明出资，他们从缅甸一毒贩处购买 3000 克海洛因，由郑亮将海洛因放入木箱夹层携带回四川，将其中 1500 多克交给颜军，托颜军找买家，另外尚有 1500 克藏于内江市另一名毒贩郑大家附近的古墓里。

6 月 3 日中午，副局长江涛和刑警队员们以最快的速度冲入颜军家。

"你们有事吗？"望着冲进家的人群，颜军显得有点吃惊。

"我们是公安局的。"刑警们把证件一亮，颜军还未回过神来，就被擒住了。

刑警在颜军家搜缴了装满5发子弹的猎枪一支、子弹60多发、折叠式高压枪两支、海洛因1500多克、高级小车一辆、毒资一万多元。

根据案情的发展，岳池县公安局立即向广安地区公安处领导作了汇报，并将案情报告了四川省公安厅。

厅长吕卓、副厅长李树村听取汇报后，为专案组拨出办案经费4.5万元。他们认为，此案有几个特点：

首先是贩毒量大，经营价值大。据毒贩交代和掌握的情况，从1994到1996年5月，贩运入境的海洛因数量高达90多件88.045千克，均为大宗贩毒。

其次是覆盖面广，团伙性突出。此案涉及全省广安、南充、重庆、内江等地市，省外涉及云南、湖南、天津、广东等地，人员多，关系复杂。

还有就是发生地区性转移。以前，川中地区吸毒人员少，贩毒量小。此案充分暴露出川中地区贩毒的隐蔽性和严重性，毒贩采取"货藏一地，联络一地，异地销售"形式，使川中成了毒品隐藏之地和毒品新的集散地。

四川省公安厅决定将此案确定为代号"六三"案件，成立"六三"专案组，由省公安厅禁毒处处长唐明德任组长，副处长周大昌、广安地区公安处副处长明川任副组长。抽调精干力量，三级配合行动，务求全胜，省公安厅还立即向公安部、省委省政府领导报告了案情。

1996年6月14日14时30分，成都、攀枝花、广安、重庆、内江等公安局领导30多人在省公安厅办公大楼会议室听取专案组对下一步工作的安排部署。

7月11日，暑气蒸腾，热浪袭人。一份四川省公安厅的紧急报告摆在了省委省政府领导的办公桌上。

省委常委、常务副省长张中伟皱着眉头，一口气看完报告，在宽敞的办公室里来回踱了两圈，又回到座位上，拿起摆在桌上的细毛笔，挥笔批示：

同意报告中提出的4条措施，望精心组织，抓紧侦破，扩大战果，务求全胜。

公安部发来电文：

全力侦破此案。

有了领导的关心和支持，全体办案人员信心百倍，干劲十足，他们表示不破获此案，绝不收兵！

当天17时，四川省公安厅接到江涛电话，得知毒贩易明还在内江一带活动。

此人在云南边境持"五四"式手枪抢劫小客车时杀害司机，畏罪潜逃，是公安厅的通缉对象。

省公安厅禁毒处唐处长和技侦处古副处长带队，立即前往内江，会同内江公安局领导、刑警、缉毒大队负责人赶往内江周边城镇，与当地公安机关进行了专门研究部署，决定兵分两路：

一路到乐至县抓毒贩易全、易明；

一路到蓬溪县抓毒贩程海。

凌晨 1 时统一行动。

第二天凌晨 1 时，易全在家睡得正香，刑警们已悄悄包围了他的农家小院。

易全觉得外面有动静，从床上跳下来，光着上身从猪圈小门逃窜。刑警们穷追不舍，易全大约跑了 500 米，就被守候在大路要道的刑警包围。

易全见无路可逃，跳进一堰塘里。刑警们来不及脱掉衣裤猛扑过去，按住易全的脖子，将其抓获。

随后，刑警们在易全家里搜出了大量毒品。

原来，这是毒贩们新开辟的贩毒"金三角"——云南、四川、广州新通道的落脚点。

此次行动，刑警们将这个川中贩毒中转站胜利端掉。

几乎在同时，程海、易明在蓬溪县被公安机关擒获。

两路人马用对讲机互通了情况。

唐处长、戈科长、林科长、凤渊大队长等深夜赶赴乐至县对易全进行审讯。

审讯室设在一个不起眼的旅馆里。

易全，个头不大，圆脸，络腮胡，眼睛眨得很快。他曾贩毒两年，跑的地方多，心理素质好，是个相当狡猾的毒贩。

坐在毒贩对面右侧的是凤渊大队长，他1.8米的个头，体重近90公斤，红红的脸上露出威严的神情，一对长长的眉毛呈V字形。他就凭块头也给毒贩一个下马威。

唐处长神情严肃，坐在毒贩对面的左侧，目不转睛地盯着毒贩易全。

从毒贩的表情上猜测其内心世界，找准突破口，这是他多年审讯积累的经验。

易全闭口不语。已凌晨3时了，审讯还没有进展，双方僵持着。

唐处长、凤渊大队长非常气愤，但强压住心里的火气说："易全，你好好想一想，等会儿我们再找你。"

说完，叫刑警看住易全。二人到隔壁房间商量对策。

凤渊大队长说："我们的对手虽然年龄不大，但相当顽固。看来我们只有依据掌握的情况从思想上、情感上去感化他，触动他的灵魂。"

唐处长沉思了一会儿说："我也这样认为。"

凌晨4时，两人又回到审讯室，继续审问："你哥哥易明被我们抓住了，他在云南边界抢车杀人后逃跑，又长期进行贩毒活动，犯下了滔天罪行，人民是不会原谅他的，我们国家的法律也不会原谅他。"

唐处长的嗓音提得很高，表情十分严肃。

听说哥哥被抓，易全的脸"刷"的一下子变白了。

凤渊大队长接着说："你们家就两弟兄，你的哥哥被抓了，他会是什么后果，你是清楚的。你20岁不到，还年轻……"

唐处长插了一句："难道你想走你哥哥的老路？"

听到这里，易全的防线崩溃了。他眼泪唰唰直掉，一会儿就呜呜大哭起来，泣不成声。

他一把鼻涕一把泪地对两位警官说："我坦白！我坦白！只要能保住我的脑袋，我什么都愿说。"

凌晨 4 时 40 分，易全交代了贩毒事实，并提供了主犯胡军将在重庆进行毒品交易的重要线索。

1996 年 6 月 26 日，专案组的领导们又一次聚在一起，研究重庆行动方案。

会上，专案组领导提出，只能智取，不能强攻。大家提出以"黑痣人"作为牵线人，派一名侦查员以大老板买主的身份打入胡军贩毒团伙内部，里应外合，捣毁毒巢。

确定人选时，专案组领导认为，如本地没有，可在全区范围物色，条件要严格要求：

> 此人要有"大老板"的派头，要机智灵活，沉着冷静；要了解贩毒伎俩，掌握本案案情，还要熟悉驾驶技术。

谁来担此重任？几位指挥员不约而同地把目光集中到岳池县公安局副局长江涛身上。

6 月 27 日，对江涛副局长来说，是个不寻常的日子。

这一天，岳池县城的集市依然热闹。赶集的人们来来往往，江涛将像杨子荣深入威虎山那样，去执行一项光荣而艰险的任务。这是他生平第一次执行这种任务，能否成功，别说他心中没底儿，连领导也没十分把握。

明天就要假戏真做了。晚上，在旅社房间里，江涛反复演练着前几天在局里扮"大老板"的言谈举止，并叫同行的人评说像不像，一遍又一遍，直到深夜23时。

第二天，江涛驾驶汽车缓缓驶进重庆，穿过大街，来到东面一个住宅小区，进入一户安有"防盗门"的人家。

"黑痣人"按门铃。

"喂，哪个?"

"我，老大。"

胡老板从铁门的窥视镜中看了片刻，立即打开门注视着对方。

"噢，我来介绍一下，这是我电话中说的江大老板。""黑痣人"说。

江涛点点头，故作沉着老练的样子。

胡老板注意看了对方几眼，虽不放心，但还是客气地把客人让进了屋中。

江涛和"黑痣人"在客厅里环顾一下，这是一套两室两厅的宽敞住宅，客厅大约20平方米，装修得富丽堂皇。3个紫红色大沙发横卧中央，大彩电和高级音响摆在左侧，墙上大幅壁画格外醒目，壁画对面的墙壁上贴有一张世界地图。地图上的中国和另一个国家的边界处画有两个红圈圈。

胡老板又递烟，又倒水，还客气地说："江老板，有失远迎，原谅，原谅！"

江涛答道："不必客气，不必客气。"

江涛在沙发上坐下，观察着屋内的一切，默默无语，像是不愿打破室内的宁静。

胡老板忍不住终于问道："江老板在哪里发财？"

江涛柔中带刺地说："胡老板，你是知道的。干我们这一行的，一般不打听对方底细。"

"对不起，我冒昧了。"

接下来胡老板问："从四川到沧源要多长时间？要经过哪些地方？"

江涛回答后，胡老板又问道："一件白面多少克？临沧、勐定的价格各是多少？畹町边界的生意好不好做？"

一连串问话咄咄逼人，江涛对答如流。

"何必这样嘛，江老板财大气粗，又从老远来，一会儿还要赶回去，说点高兴的事儿。""黑痣人"插话了。

胡老板话题一转，又一个劲儿侃谈某国那边的风土人情和生活情况。

这时，江涛装出解手的样子，要进厕所。"黑痣人"正和胡老板说得起劲，谁也没管他。

趁这个机会，江涛在紧靠厕所的厨房，把两把菜刀移动位置，用报纸盖住，以防行动时毒贩狗急跳墙。随后，他又钻进厕所，急忙写了个纸条，设法把屋里的情况传递出去。

此时外面周大昌副处长、明川副处长坐镇指挥，凤渊大队长、重庆刑警大队领导及 10 多名刑警严阵以待，守候在这栋楼房的要道口。

江涛在屋里表面装得很平静，心里却很着急。

这时，他心生一计："老板，你这里有没有喝的？我口渴得很。"

"对不起，怠慢了。我马上就给你倒茶。"

"不必费事了，我去外面买点喝的。我不习惯喝茶。"江涛三步并两步，到楼下将纸条递给了省公安厅的周大昌。

江涛回到客厅以后，双方开始商谈价格。不一会儿，价格确定。正欲交货，门外却传来了敲门的声音。

胡老板看了大家一眼，站起来，朝大门走去。

"谁呀？"

"老板，连我的声音你都听不出来呀！我张二头嘛！"，凤渊不慌不忙地答道，"你不是有事找我吗？"

"嘎"一声，门开了。说时迟，那时快，凤渊带领 3 名刑警举枪冲进屋去。

"不许动！"凤渊大队长大声吼道。几支黑洞洞的枪口对准了胡老板的胸口。

"你们误会了。"胡老板强装镇静。

"我们没有误会，我们是公安局的。"刑警们亮明了身份。

听到"公安局"几个字，胡老板无言以对，只好低下了头，束手就擒。

刑警们当场缴获海洛因 1400 克、带瞄准镜小口径步枪 5 支、猎枪一支、子弹 250 多发以及赃款、赃物价值 10 多万元。

审讯很快开始。

凤渊首先向胡"老板"发话："你叫什么名字?"

"我叫胡军。"

一整天，毒贩再也不说一句话，审讯没有进展。

通过调查了解到，胡军对家里人还是有感情的。想起妻子儿女，想起那个曾经温馨的家，胡军终于流下了忏悔的泪水。

"警官，我交代。"刑警们做好记录的准备。

"从 1994 年到 1995 年 5 月，我们一伙人先后 4 次从'金三角'贩毒 3 万多克到川中，每次租用大卡车到云南以做生意为名，将海洛因买来藏在车上货物里，运回四川中部地区贩卖……"胡军交代了全部贩毒事实。

经过长达半年的奋战，这起特大跨国贩毒案终于告破，川中大地又恢复了往日的宁静。

山城连续侦破贩毒案

1997 年 1 月 30 日，重庆市公安局禁毒处正式挂牌成立。

3 月 2 日，禁毒处一科侦查员接到群众举报，一个叫"老成"的毒贩子想贩卖毒品，而且数量不少。

这是自 2 月 15 日禁毒处查处第一起毒品后又一起毒品案。侦查员得到消息，立即假扮"买主"与其约定，第二天下午在渝中区人民支路附近进行交易。

3 月 3 日 16 时，"老成"与一个年轻人乘出租车来到人民支路，他们的一举一动都进入了缉毒侦查员的严密监控之中。

两人拎着一个纸袋，警惕地东张西望一阵。在确定万无一失后，疾步走近"买主"，提出先看钱。

侦查员拿出几叠百元钞票，"老成"的眼睛立即放出直勾勾的光芒。他迅速将装有几包印有"鱼皮花生"字样的包装东西递过去，说："你们要的东西在里面。"

侦查员接过包翻开一看，果然"鱼皮花生"里全是毒品。很快，交易结束。

当 50 岁的"老成"拿着钱正准备离开之时，突然听到陌生人叫了一声"成顺华"。

"老成"吓了一跳。不过，更让他不寒而栗的还是立即就落在他手上的冰凉的手铐。

那让他甩不掉的刚刚出手的 516 克海洛因，是他犯罪的铁证。

出于求生的本能，成顺华交代了毒品是从云南毒贩马志华、周文学处购买的情况。正待侦查员准备深挖细查时，马志华、周文学从云南楚雄连续传呼成顺华，打探重庆毒品市场行情和贩毒环境。

原来，成顺华今年 2 月去云南马志华处购买毒品时，曾与马志华有过约定，3 月份再进行一次毒品交易。

据此，禁毒处处长陈光明专门召集侦查人员研究决定，利用马、周二人不知成已被捉获的有利条件，设计将马等人调来重庆，人赃俱获打掉这条贩毒通道。

商议一定，侦查人员便赶赴云南楚雄市广通镇调查取证，一路让成顺华继续与云南毒贩保持联系，与其周旋。

3 月 17 日，马志华从云南打电话告诉成顺华已带货出发，到渝后再与之联系。禁毒处领导当即通知去云南的人马按兵不动，静听重庆消息。

第二天中午，马志华又从成都打来传呼说，货已在成都卖掉，不能来重庆了。

正当禁毒处侦查员焦急之时，当天 17 时许，周文学却突然在重庆渝中区建设公寓给成顺华打来传呼：

货已到，速来取。

早有准备的缉毒侦查员立即押着成顺华赶往建设公寓，在僻静处将正在等候的毒贩周文学捉获。

与此同时，狡猾的马志华等人正在附近的亚洲大酒楼里等候进行毒品交易。侦查员们迅速扑向酒楼，并在四楼过道上将马志华抓获，同时在另两间客房里抓获两名毒贩，当场缴获海洛因1070克。

这个案件历时20多天，共缴获毒品1586.5克。

3月22日，正当禁毒处一科取得抓捕毒贩的骄人战绩的时候，禁毒处二科的侦查员也发现了一个外号叫"阿陶"的人有贩毒的重大嫌疑。

经进一步调查得知，"阿陶"的真实姓名叫陶昌任，是巴南区太和乡松涛村人，现在渝中区花街子开了间发廊。

缉毒侦查员通过各种渠道证实，陶昌任已将一笔不小的预付款付给了云南的一个毒贩，这名云南毒贩很快将把毒品运到重庆。

4月15日中午，缉毒侦查员获得消息，云南毒贩已将海洛因运抵重庆，并准备当日与陶昌任进行交易。

当大15时，扮成毒贩的侦查员带钱进入预先约定的交易地点，陶昌任见钱后，突然提出要改变交易地点，否则就放弃交易。这一变化来得太快，答应与否都可能影响到全案的侦破。

现场的侦查员一面沉着应付，一面趁陶昌任不在意时，把陶昌任要改变交易地点的情况通知了外围监视的同事。

不久，侦查员与陶昌任来到花街子他租赁的房子内。他一边说着无关紧要的话，一边不断地观察着屋外，在确定周围无异常情况后，他便让其妹夫马学林去另外一间出租房内取来一包海洛因。

正准备进行交易时，缉毒侦查员从天而降，当场缴获毒品海洛因1944克。在证据面前，陶昌任交代了他的犯罪事实。

他今天的结局，实在是他"贪得无厌"的结果。

陶昌任出生于农村，他从小就对城市有一种特别的向往。1989年，他开始去云南倒卖生漆，挣了不少钱。而后，凭着自己的心灵手巧，他学会了理发，并来到重庆城，在花街子附近租下了一间门面，所挣的钱也远比以前搞生漆时多得多。为此，他把在家乡的妻子和弟妹都接进城，教她们理发、烫发的手艺，后来，他们一家人还在重庆买了商品房。

然而，陶昌任没有沿着这条勤劳致富的道路走下去，他自从几个月前认识了一名毒贩后，就发现贩卖毒品比他做什么都赚钱，于是他便开始在贩毒的歧途上越陷越深。

在强大的政策攻势下，陶昌任、马学林二人不得不供出海洛因是当天中午从云南人曾世泽手中购得的。

缉毒侦查员得知这一情况后，立即驱车赶到小洞天宾馆，出其不意地捉获了曾世泽，并从其住房的卫生间天花板上搜出海洛因356克和毒资10万元。

随后，侦查员们又将从曾世泽手中买走1031克海洛因的何平和陈战旗抓获。

至此，此案涉及的人员全部擒获。

5月5日，当侦查员们还沉浸于胜利的喜悦之中时，云南省昆明市官渡区公安分局缉毒队侦查员来渝，向重庆禁毒处通报了该市涉毒犯罪嫌疑人前不久在渝贩卖毒品的情况，希望重庆警方配合捉拿贩毒的下家。

重庆禁毒处的人听到这个消息，心情顿时沉重起来。他们此时才知道，重庆的贩毒活动，远比他们想象的要严重。

他们仔细倾听了昆明市官渡区公安分局缉毒队侦查员介绍的情况。

原来，近日昆明侦破了一起贩毒案，该市涉毒犯罪嫌疑人刘素华曾于4月初携带1400克海洛因来渝贩卖。

禁毒处非常重视这一重要线索，决定通过渝昆警方的合作，顺藤摸瓜，打掉这个贩毒团伙。

然而，官渡分局的办案人员只知道重庆那个毒贩子外号叫"小五娃"。禁毒处二科的3位同志根据这条线索，查到一个外号叫"小和尚"真名叫陈兴泉的人。此人跟官渡分局提供线索中的"小五娃"长得很像，禁毒处的同志便决定从他这里调查。

5月8日清晨，警方找到陈兴泉和他的妻子何文玲，从陈兴泉的一处租赁房中搜出海洛因 36 克，毒资 23 万多元。

有了这些证据，禁毒处推断出线索中的"小五娃"就是陈兴泉其人。

禁毒处干警随即对陈兴泉、何文玲二人进行了审问。

据二人交代，他们的确就是毒犯刘素华的下家，这次如果不是侦查员行动迅速的话，他们当天便准备退掉大兴村的房子，选择更为隐蔽的地方躲藏起来，到时侦查员就不一定能够找到他们了。

昆明警方人员押着陈兴泉和何文玲刚踏上返滇的归途，云南省德宏州公安处和芒市机场公安局的缉毒侦查员又风尘仆仆地跨进重庆禁毒处的大门。

原来，5 月 9 日，重庆毒贩秦建明带着两瓶溶于饮料中的"液体海洛因"，在云南芒市机场登机返渝时，被机智的机场公安局侦查员察觉，并予以扣留，当场缴获已溶于水中的海洛因 1750 克。

经审讯，秦建明交代出这些毒品是与重庆的另一名叫张建国的毒贩合伙经营贩卖的。德宏州缉毒人员将于第二天押着秦建明飞抵重庆，希望得到重庆禁毒的支持，尽快捉获毒贩张建国，截断这条空中贩毒通道。

警方经过精心设计，周密部署，当天晚上在重庆特钢厂医院附近将张建国抓获。

可是，张建国自以为侦查员没有抓到他什么把柄，在审讯中怎么也不肯承认自己贩毒的事实。

对于这种情况，侦查员们心里清楚，审讯这种将脑袋拴在裤腰带上玩的人，没有真凭实据是难以降服他的。

鉴于捉张建国之前，张建国是毫无察觉的，估计张建国将海洛因加工成液体的工具还没来得及转移，这正是获取证据，突破张建国交代犯罪事实的有利条件。

于是，侦查员们顾不上休息，迅速出击。当天下午，从张建国的一个朋友家中，搜出了张建国加工制作液体海洛因的电饭锅和将粉状海洛因压制成块的模具、千斤顶，还有16克海洛因和两万多元的毒资等。

当这些东西摆在张建国面前时，他顿时傻眼了。他原想将毒品溶与饮料之中，谁也不会发现，他尽可畅通无阻地贩运毒品，敛取巨额毒资。

然而，机关算尽的他最终没能通过由正义与法律组成的这道雄关。

自2月15日到5月30日这短短三个半月的时间里，重庆禁毒处的侦查员便侦破贩毒案件126起，缴获海洛因7503.4克，捕获贩毒人员106名、吸毒人员444名，实行强戒366名，取得禁毒斗争的初步胜利。

但是，他们知道，他们前面的路还长，还会面临更严峻、更艰苦的战斗，他们将义无反顾地担负起自己的神圣使命，荡涤尽天下所有的丑恶。

烟台侦破贩毒连环案

1997 年 3 月的一天晚上，山东省烟台市东郊沿海的烟台市边防支队会议室里灯火通明，市公安局副局长兼边防支队长张琪利正在向侦破小组的 8 名干警布置任务：立即查获一个寻找毒品买主的"莱阳人"。

这个"莱阳人"既没姓名，也无地址，侦查员手中掌握的线索仅有年龄和相貌特征，凭此调查寻人，真如大海捞针。侦查员们走访了 300 多个村庄，检查了 400 多家旅馆，行程 3000 多公里。终于，在第十四天，山前店镇孙家奋村村民李颜福进入了侦查员的视线。

李颜福，40 岁出头的样子，以贩卖苹果为业。

"派人与李颜福接触，伺机获取毒品线索。"指挥部拿出了具体方案。

4 月 6 日，一个东北人自称是慕名而来，找李颜福联系苹果生意。这"东北人"正是指挥部派出的人。

仅一周的时间，"东北人"便与李颜福打得火热。

这天，"东北人"对李颜福说："老哥，货源组织得差不多了，我要回东北一趟，租车筹集货款。东北那边，你有什么事需要帮忙，说句话就成。"

李颜福压低嗓音神秘地说："我有少量海洛因，为朋友代卖的，你能不能在东北找个主帮我脱手。"

5月6日，"东北人"回来了，身后多了3个"哥们"。他们是化了装的支队侦查员董海、田安荣、赵洪福。

李颜福那狡黠的目光死盯着他们。董海知道，李颜福绝不会轻易相信任何人，必须谨慎从事。

于是，他从容道："怎么，李老板不相信我们？我们兄弟几个此番来烟台，是想做一批苹果生意，还请李老板帮忙啊！"

说着，他从包里拿出2000元定金。

此后的几天，董海邀李颜福一起逛蓬莱阁，游养马岛，住宾馆，上饭店，李颜福是嗜酒如命之徒，10多天下来，直灌得李颜福如在云里雾里，无话不说。

一天中午，几个人又在一起吃饭，酒至半酣，李颜福说："唉，现在什么生意都不好做。要想发大财，除非抢银行，贩毒品。"

说到这里，他故意放低了声音说："不瞒你们，我还在做鸦片生意，现在手里就有货，你们要不要？"

听了李颜福的话，董海故作不信状："你还在做鸦片生意？是不是哦！你哪来的鸦片？这个我很感兴趣，你有多少我要多少！"

李颜福见董海对鸦片有兴趣，便高兴地说："我有5公斤，你想要的话，我可以便宜卖给你，你看1000克6万元，怎么样？"

董海一副行家老手的模样，最后以25万元成交，定于5月26日中午在烟青一级公路的"忠义酒家"内交易。

5月26日10时，接头组、跟踪组，抓捕组的干警们全部到位。

11时，董海等3人走进"忠义酒家"，李颜福早已恭候在此，但他没有"交易"的意思，而是厉声地向3人说道："董海，我知道你们是公安的便衣，但我告诉你，我不怕你们，现在四周到处是我们的人，你们一个也别想走！"

董海等人心里一惊：怎么，难道这条老狐狸察觉了什么？但他转眼又一想：不可能啊！我们应该没有暴露啊！这家伙一定是讹诈我们的。

董海向一旁的同事使了个眼色，叫他们不要轻举妄动。

几分钟后，李颜福见3人毫无反应，他又一副抱歉的样子说："实在是对不起各位啦！鸦片其实不是我的，现在也不在我这儿，货主要见钱才给货。"

董海向田安荣说："给李老板看看我们的东西。"

田安荣"砰"地将手中的密码箱往桌子上一摔，只见一摞摞崭新的人民币静静地躺在箱子里。李颜福顿时两眼放光。他一转身退到门外，示意在此等候的女儿李红玉回家取货。

13时，李红玉将毒品取来，李颜福迫不及待地将钱装入尼龙袋内欲走。董海拉住他说："李老板，别急着走嘛！我们还要谈谈下次合作的事情嘛！"

李颜福见推辞不过，只好坐下，让女儿携款先走。

乡间小路上，李红玉的摩托车开得飞快，跟踪组开车紧追不舍，很快便将其抓获了。

自打女儿走后，李颜福似乎觉察到什么，主动提出要换个地方说话。就在大家准备上车的刹那间，李颜福猛然推开身旁的赵洪福，撒腿就跑，但他没跑几步便被早已准备好的侦查员们团团围住。

企图负隅顽抗的李颜福面对英勇无畏的干警瘫倒在地，乖乖交代：

> 鸦片是从海阳市徐家店镇北泊子村王文田的手中买来的。

抓捕小组的侦查员盖少刚、隋光锋等人立即赶往海阳市。毫无准备的王文田束手就擒。王文田交代鸦片是从海阳徐家店镇华家庄华玉堂手中买来的。

侦查员直奔华家庄，在华玉堂家搜出 1.83 万克鸦片。在罪证面前，华玉堂交代了他的犯罪经过。

三、 边境缉毒

● 高文亮和战友们在马家门外高声喊道："马慈林，你被包围了，赶快放下武器出来投降!"

● 杨应东警觉地想："在这条长途公路上，怎么会有不乘车的人呢？除非他们是贩毒的人。"

● "买主"迅速地掏出了手枪，对准毒贩："不许动，我是公安局的!"

云南海关追缉液体毒品

1991 年 10 月 9 日 15 时许，有"万里边关第一镇"称号的云南畹町海关在办理一起境外不法分子走私贩毒的案件中，当事人交代出另一同伙参与一起走私液体毒品的情况。

这个当事人说，他有一个同伙曾经与广东人一起到缅甸走私液体海洛因。他们由于分赃不均，曾经发生过内讧。这个同伙曾私下对他说："广东人心太黑，要找机会报复一下。"

调查科长穆志一听，感到很惊奇，因此一再追问液体海洛因究竟是怎么回事，但由于当事人没有直接参与液体毒品的走私，仅仅交代了那个同伙的姓名及长相，其他详细情况不得而知。

事有凑巧，几天后，海关在查获一起走私摩托车案件时，有个当事人知晓这个内情。

穆志刨根究底，终于得到了一条有眉目的线索。

原来，在毒品贩子中，有一个叫胖子的人，用一种特殊的技术，将海洛因溶化成液体后再带进中国，安全稳妥，干了好几次都没被查出来。

据知情人介绍，这个胖子在畹町曾开过一个修汽车的铺子。

经过调查，畹町海关从工商局了解到，那个铺子的户主姓田，后因年老多病，无力经营，私下转给他的一个朋友经营，而这户主的朋友就是一个叫胖子的人。

但随着城市的改造，这个胖子所在的汽车维修铺子早已拆迁，穆志又经多方了解，从铺子附近的修车师傅口中得知：这个胖子一直在吸毒，在铺子拆迁期间就被戒毒所的同志带走，至今毫无音信。

刚刚到手的线索转眼又被扯断，穆志不由得陷入沉思：看来的确是有胖子这个人的，但他到底去了哪里呢？又到底是死是活呢？

穆志向关长汇报了详细经过和自己的想法，要求再作深入细致的调查。关领导听了之后，觉得此案有些蹊跷，要说查毒品，这几年什么样的毒品没查到过？就是没听说过有液体海洛因这种毒品，但这种可能性也很大。

于是，关长一声令下，调查科立即围绕着胖子是否还活着这一点作为突破口进行调查。这样的调查工作一直持续到 1992 年。

1992 年新年过后，有关情报便通过各种渠道陆续汇集到海关调查科的桌面上：

> 胖子没死，上个月还有人在芒海境外的古街上见过他，当时他正和一个叫黑蛋的瘦子在一起喝酒。
>
> 瘦子曾帮胖子送过西瓜，还和一个叫小玉

的女人带过 10 多万元到缅甸做生意。

有一个姓赵的广东人是胖子的朋友，会讲云南话，每次订货都是几十件，已经搞成好几次了。

买走的货都是溶化成液体，藏在柴油桶中带走。

溶化海洛因的药水是怎么搞成的，谁也说不清楚。

运货的路线基本上是从缅甸的勐古运出，由我境内的芒海入境后再运往别处，因为芒海偏僻，较好走。

这些零零星星的情报汇集起来，进一步证实了海关调查的这条线索是真实可靠的：这个胖子的确没有死，而且还在贩卖溶化成液体的毒品。

有了这些根据，办案人员一致认为：要弄清胖子等人的行踪，唯一的办法就是要深入到勐古这个毒窟的大门口去寻踪觅迹，找到胖子。

进驻芒海的计划得到上级的批准，首批关员按时到达指定地点，开始了追查胖子行踪的芒海潜伏行动。

芒海镇是德宏州潞西县通往缅甸勐古地区的国境通道，与缅甸古镇隔河相望，位于畹町市东面，面积约两平方公里，与畹町之间的直线距离 40 公里，公路距离 80 公里，人口不到 1000 人。

界河那边的勐古地区，是缅甸毒品的重要产地之一，每年 3 月间，站在芒海镇上用普通望远镜便可以看到漫山遍野的罂粟花。

正是由于这种特殊的地理位置，境内稍有风吹草动，境外便马上知晓。

畹町海关调查科的工作就是在这样一个困难环境中展开的。首先是翻过 2000 多米高的东山之后，无线通讯全部中断，镇邮局唯一的一部有线电话，串联着全镇所有机关、商店的分机电话，根本不能进行保密联络，何况海关是国家执法机关，目标大。

为避免打草惊蛇，监控人员的公开活动不得不在各种保密状态下进行。他们不是今天装扮成测量队，就是明天装扮成房地产商，以各种人群来掩护监控活动。

然而，非常遗憾的是，他们在这样的掩护监控下一直工作了 3 个多月，却没有一点关于胖子的消息，而液体毒品的线索也一点没有。

就在调查科想要放弃这件没有进展的监控任务时，胖子终于出现在监控人员的眼前。

1992 年 5 月 17 日 12 时，胖子手提一只塑料油桶，大摇大摆地来到了边防检查站门前。他熟练地将塑料油桶往检查站门旁一放，大大方方地办理边境手续。

监控人员不动声色地将他的一举一动监视在视线中。

值班士兵问胖子："你这桶里装的是什么？"

胖子毫不犹豫地回答："是柴油。"并顺手拧开桶盖将桶提到士兵跟前。

士兵闻了闻气味，毫不怀疑，挥手放行。

胖子哼着小调过了关口，朝汽车站走去，登上了由芒海开往芒市的中巴客车。

此时，负责跟踪任务的侦查员金川与和成来不及请示，当机立断分开行动，由金川跟胖子上车一块走，和成则留下来继续"守株待兔"。

这个突然的情况一下子将监控一组的计划打乱了。

先说金川跟上车后，不久便发现车上还有两个人是胖子一伙的，看样子像是护送胖子的缅甸人。

此时的金川心中本能地有些紧张，双方力量对比悬殊，稍有不慎，跑脱了胖子可不是闹着玩的。

金川的外表装得很镇静，仔细盘算着如何应付随时可能发生的情况。客车到了遮放，意外的是没有人来接应。原来由于胖子推迟行动，加上东山太高，海关的对讲机联系不上，完全打乱了原定计划。负责接应的关员玉仁和龙弓不知道金川的准确位置和行动时间，不敢贸然出动。

接应失败。胖子的两个同伙一个在嘎中下车，另一个在遮放也下了车。金川无法顾及，只是死盯着胖子。直到天快黑时，胖子才住进了芒市南疆宾馆 103 房。

金川与守候在芒市的穆志等人迅速取得联系，并用了最短的时间将南疆宾馆的出口进行了严密监控。当他做好这一切的时候，已经是 21 时了。望着黑沉沉的夜色，金川这才想起只身留在芒海的和成，不知他的情况怎么样了。

和成是在当天 19 时守到另一个嫌疑人瘦子的。当时，瘦子在检查站验过证件后，就走到了一辆拖拉机前，跳上去开着走了。

和成望着瘦子出去，连忙去边防站联系借车，但不巧边防站的车辆都外出未归。就这样，和成跟踪瘦子的任务遭到失败。

和成与金川的分开行动随即影响到了预定计划在遮放负责接应的玉仁和龙弓，玉仁、龙弓二人在遮放白等了 10 多个小时后，眼见天色已晚，十分着急。为防意外，他们便决定再进芒海。

幸运的是，当玉仁和龙弓赶到芒海时，正好遇到了一筹莫展的和成。

大家分析瘦子的拖拉机爬东山大坡，最快也要 4 个小时，晚上沿途检查较严，天亮以前他是赶不到芒市的，便连夜赶到芒市与大家会合。

第二天早上，大家在芒市会合后，立即对胖子采取了逮捕行动。

9 时 40 分，穆志与和成、易木、副所长等人一起向南疆宾馆 103 房间围过去。

此时，宾馆房间内的胖子正在床上抽着海洛因。

穆志等人让服务员以为胖子"送开水"为由，让他没有丝毫怀疑地为侦查员们打开了门。

房门一开，穆志等人立即冲了进去，将胖子团团围住，扭翻在地。胖子凭借浑身的毒性，扭动着粗壮的身躯，像一头陷入罗网的困兽，拼死挣扎、反抗，但还是很快地被制服，双手被铐住。

等他们刚刚把屋里的人收拾利落，门外突然传来了一阵激烈的敲门声。

原来，失踪了10多个小时的瘦子竟自己跑到南疆宾馆与胖子接头来了。

穆志等人立刻站到门的两边，将门外的瘦子"请"进来。

瘦子探身进门，见屋内一片狼藉，大叫一声，转身就想往外跑，但门两边两双铁钳般的大手，迅即将他掀翻在地。转眼间，一副手铐铐在了他的手上。

搏斗结束后，侦查员们在现场桌子下边搜出两个装有深棕色液体的塑料桶。

侦查员们迅速将缴获的深棕色液体，送云南省分析测试研究所化验中心测定，测定结果显示：大桶内装有液体海洛因1.33万克。

潞西县公安局拘留所1号讯问室，外号叫胖子的毒贩向提审他的海关调查人员交代了自己多次贩毒的经过。

胖子，真名叫李伟，也叫李云峰，是云南大理人，今年30岁。1990年7日，他在畹町开修车铺时，认识了一位缅甸老板，这老板付给他的一次修车费用竟是一包重198克的海洛因。

李伟将这包海洛因交由一个叫景风的毒贩帮忙出售，转眼就得到 1.4 万元的利润。

第一次尝到毒品生意甜头的李伟和这个缅甸老板成为经常走动的朋友。

1990 年 9 月，李伟在缅甸老板家认识了老板的朋友赵亚娱。

赵亚娱是广东人，当时赵亚娱买了 4 件海洛因，正苦于无法带走。

李伟知道这件事情后，便对赵亚娱说："我认识一个泰国朋友，他有一个秘方，可以将这东西溶于一瓶药水中，混入柴油里，天衣无缝。"

赵亚娱立即来了兴趣，并在随后答应以每件带到广州给李伟 1.5 万元提成的价格让其帮忙运输。

这样，李伟通过朋友，将海洛因制成液体后，混入柴油桶中带到广州，一路上没被查出来。在广州交货后，赵伟将货又转交给毒贩卢尚才，由卢尚才再交香港老板。李伟帮他们还原成粉状后，拿到 6 万元报酬。

自此以后，李伟先后 6 次帮妣赵的运送海洛因 57 件，均获成功，而且一路顺风。

在 2 号讯问室，毒贩瘦子也交代了他的犯罪事实。

瘦子，真名叫孙正兴，是云南保山市腾冲县人，今年刚好 22 岁。1989 年，他因在畹町开拖拉机，常去修车，就结识了胖子。

1991 年孙正兴出了车祸，撞伤了人，需要赔一大笔钱，胖子趁孙正兴找自己借钱的时候，把其拉下了水。

抓到李伟，办案人员并未觉得松了口气，因为李伟身后还有个真正的大老板赵亚娱。为此，畹町海关又将下一个目标指向昆明。

据李伟交代，他的老板赵亚娱通常与他接头的地点是在环城南路附近，那里有家发廊是赵亚娱的姘头母翠琼所开。

根据这个线索，畹町海关调查科成员成功地在发廊里将赵亚娱抓获。

李伟又为调查科提供了广州老板卢尚才的几个联系电话号码。

为了抓住这一个大老板，畹町海关调查科与深圳公安局成立专案组，并迅速查明了深圳保安县第二十四区5幢私宅的户主就是卢尚才。

但当专案组的成员包围了卢尚才的家对其进行抓获时，却发现这家住户并不是卢尚才，且年龄和相貌都不对。

那么，卢尚才到哪儿去了？

原来，卢尚才这个大毒贩十分惧内，他老婆醋劲十足，经常与他吵闹。卢尚才为了稳住阵脚，只得作出让步，与老婆订了君子协定：每天外出不管在何处，早晚必须向老婆电话报告一次。

赵亚娱被抓后，卢尚才打几次电话找赵亚娱，都没人接，预感赵亚娱已出事，便一个人藏了起来。

但卢尚才的老婆却不知详情，见自己的老公几天不往家里打电话，便一个劲地打电话到卢尚才常去的地方去找。

专案组根据卢尚才老婆寻找卢尚才的地址，一处一处地摸，最后终于在深圳医院将装成病人的卢尚才抓捕归案。

至此，畹町海关历时 8 个月，风雨兼程两万多公里，抓获大小毒贩 10 人，缴获液体海洛因 1.33 万克，固体海洛因 2.74 万克。并查明自 1990 年以来，这个贩毒集团先后走私贩卖海洛因近 60 公斤，可谓罪孽深重。

福建破获冰毒特大案件

1992 年 5 月，福建省公安厅刑侦处缉毒科接到公安部和广东省公安厅的通报，香港有个贩毒集团在福州等地进行制贩冰毒的犯罪活动，副厅长陈旭非常重视，立即指示刑侦处缉毒科开展外围调查。

然而，几个月过去了，案情没有一点进展。

9 月 8 日，陈旭召开案情分析会，听取了初步调查情况的汇报，同时进行了专门研究，确定了侦破该案的指导思想：

周密部署，精心侦查，获取罪证，捣毁窝点。

并决定成立专案组开展侦查，案件由福州市公安局主办。福州市公安局根据省厅的指示，成立了有经侦处林祥钿处长同省厅刑侦处蔡小林科长、张洪德副科长组成代号为"九八"的专案组，共同侦破此案。

根据转来的线索，参与广东制毒的福建籍人绰号叫"阿肥"。在开展外围调查中，已查明其真名叫赵文棠，1950 年出生，1973 年获准赴香港，曾先后两次入境，一再犯罪，曾被劳教、劳改过。由于广东案发，赵犯潜回香港。经公安部部署侦控，于 1992 年 8 月 6 日在潜入时被厦门市公安机关抓获。突击审讯中，赵犯拒不供认在福州制贩冰毒的事实。

经查赵犯经常联络的手提电话用户情况，查出用户有叫高水悌的，男，56 岁，住福州市鼓楼区秘书巷 17 号，为病休干部，尚未发现有不良行为。

侦查未能取得预期效果，专案组决定：扩大对高水悌的调查范围，进一步查明其家庭成员及社会关系情况。

9 月 26 日，专案组获悉香港贩毒集团"马仔"苏良和另一毒贩程某又潜入福州市，当即将苏良、程某投宿宾馆情况查得一清二楚，并采取监控措施。

第二天，苏良拨了长乐县某电话用户，找一个姓陈的未找到，又同程某到福州长途汽车站找高水悌的儿子高巧顺接头。

在外围调查中，群众反映高水悌的另一个儿子高巧庆辞职后在长乐开办工厂。

根据上述情况，专案组领导当即决定：加快调查步伐，把工作重点转向长乐县，并尽快查明电话用户和高巧庆办厂情况。

侦查人员在长乐县公安局、邮电部门的协助下，查明电话用户陈某，从日本自费留学回国后，在长乐县城盖了两幢楼房。其中建设路 10 号一幢装有电话的三层楼房已转卖给一个名叫"林元生"的人。

侦查人员走访这座楼房周围的居民，群众反映："林元生"，绰号"阿肥"，年龄约40多岁，定居香港，他买下这幢房子同一女青年居住，还在航城镇龙门村开办了一家化工厂。

侦查员当时就敏锐地感觉到群众口中的"阿肥"就是已经被逮捕的赵文棠。于是，他们迅速赶往龙门村化工厂，以查清事实。

据村干部反映：本村在外工作的高水悌曾介绍他的义子香港人"阿肥"租用龙门村已倒闭的羽绒水洗厂部分厂房，开办护发素半成品工厂，在香港还有一个分厂。

28日，专案组兵分两路进行调查，一路对龙门羽绒水洗厂外围进行走访。

在走访中，龙门村这路专案组得知，群众曾多次向环保部门反映该村化工厂在生产过程中不断排出大量的浓烟、污水，严重污染了周围的环境。四周树木、青草、蔬菜大片焦黄、枯死，小河里鱼虾大面积死亡，放养在附近塘里的母鸭产蛋量明显下降，羽毛也倒竖起来。

另一路经过艰苦的努力，也在漳港原县盐场化工厂内发现生产用的防毒面具及大批化学原料。

经过22天的缜密侦查，专案组终于掌握了赵文棠等人在福州市长乐县非法秘设的两处制毒地下加工点，摸清了主要涉案人员。

9月30日，福州市公安局分3个组同时开始进行抓捕行动。

第一组迅速拘传了高水悌及儿子高巧顺、高巧庆、女儿高巧榕等 4 人及赵文棠姘妇王某，同时对赵文棠居住的楼房依法进行搜查，获取了有关证据。

第二组搜查龙门羽绒水洗厂非法加工点，缴获大量制毒设备，但生产的毒品存放何处仍是个谜。

在村干部的协助下，侦查人员很快查明赵文棠在小学右侧租用数间民房藏放原料及生产成品。他们撬开落锁的仓库，发现 31 个摆列整齐、包装物表面印有红色的"湖南长沙市湘江化工厂出品""药用硼砂"等字样的密封纸箱。

干警们拆开其中一箱，发现箱中装着印有与箱壳相同字样的塑料袋 10 袋，每袋一公斤重，这正是要收缴的"冰毒"。此次缴获成品共计 310 公斤，半成品 261 公斤，还有大量化学配剂等。

第三组搜查漳港盐场化工厂，缴获大量制毒原料麻黄素、氯化亚砜、活性炭等物品。

巨大的收获并没有让干警们松一口气，因为一场更加严峻的挑战还在后面。

如何让制毒人赵文棠亲自承认自己的犯罪事实呢？福州市公安局决定让曾经审理过赵文棠案件的老预审员林森灶科长参加主审，由林祥钿处长带队赴广东提审赵文棠。

经过几天的斗智斗勇，赵文棠终于开口交代了自己在福州制造"冰毒"犯罪的全过程。

1991 年 10 月底，香港毒品集团二老板余钦乾在香港召集黄锦康、赵文棠等人开会，策划把原设在广东省东莞市石龙镇的"冰毒"加工点转移到福建，由赵文棠设法在福州选建"冰毒"秘密加工点。

赵文棠受命后，即通过境内人员高水悌在福州郊区建新乡台屿村找到一个可供生产的旧砖瓦厂。

余钦乾、赵文棠入境察看后，决定以每年1.5万元人民币租用该厂，并出资增盖新厂房。赵文棠及其香港同伙余展鹏、黄锦康等人将设在东莞市龙门镇加工点制毒设备和原料麻黄素运到台屿村加工点，由境内的人员高水悌的二儿子高巧顺从福州购买了"冰毒"的化学配剂，并雇用了几个民工开始生产"冰毒"。

在香港毒品团伙老板李秋萍的督导下，该加工点生产的"冰毒"，由赵文棠等人运到广东省惠东县坪山镇，交给香港不法分子苏良偷运出境。

由于该处在生产过程中污染严重，群众反映强烈。余钦乾、赵文棠等人害怕暴露，便于1992年3月经高水悌介绍，在长乐县航城镇龙门村租用羽绒水洗厂部分厂房重新装修。

3月底，该团伙又将台屿加工点的原料、设备等运往龙门加工点，4月初开始生产。由于污染问题仍解决不了，当地群众反映强烈。于是，赵文棠又通过其姘妇王某在该县漳港原县盐场旧化工厂选建了秘密加工点，专门在夜间加工半成品。尔后，运回龙门加工点生产制造"冰毒"。

1992 年 5 月，由于广东省江门市等地公安机关抓获了该团伙其他成员，因而设在长乐县的两处"冰毒"加工点被迫紧急停产，已制成的部分"冰毒"由香港邱楚益、苏良等人偷运出境。

　　海南省公安机关根据广东省公安机关通报协助抓获了另一主犯余展鹏。在公安部的协调下，广东省公安厅决定将赵文棠、余展鹏移送福建并案处理。

　　赵、余两犯于 11 月 11 日押回福州。后来继续讯问赵文棠时，赵犯交出了他们用代码记录的贩卖"冰毒"情况的账目，为追究这个制贩毒品犯罪团伙的刑事责任提供了有力证据。

　　香港警方也采取行动，余钦乾、苏良、邱楚益等多名毒犯被香港警方拘捕。

边境缉毒

云南军事围剿贩毒集团

1992 年 8 月 30 日深夜，在昆明通往文山的公路上，一辆辆军车在黑暗中熄灯疾驶。

车上，2000 多名荷枪实弹、身着迷彩战服的公安武警官兵既兴奋又紧张。在汽车开动前他们才知道，此去的任务是进行一场中国有史以来规模最大的禁毒军事大行动，而他们的目的地就是中国境内有着"金三角"之称的云南平远街。

平远街位于云南省文山壮族苗族自治州砚山县和文山县结合部，离中越边境只有 200 多公里，距县城 78 公里，是通往广西和越南的交通要地，323 国道穿镇而过。这里是一个汉、壮、苗、回等多民族居住区，主要有田心、茂龙、松毛坡、车白尼、小石桥、中寨、茂克等 7 个行政村和办事处，面积 325 平方公里，人口 5 万余人。

人们也许想不到，就这么一个小小的平远街，在过去的几年里，竟成了一个"独立王国"，成了贩毒集团的乐土，军火走私者的"中转站"和一些负罪在逃人员的"避风港"。

自 80 年代以来，这几个村的犯罪活动愈演愈烈。到90 年代已发展成一股带黑社会性质的恶势力，他们欺压群众，大量贩枪贩毒。为逃避法律的制裁，集体以暴力抗拒执法，动不动就打砸抢烧公安局，冲击政府首脑机关，1988 年发生 42 起。到 1991 年已上升到 130 起，且波及的范围越来越广。

1992 年 8 月 6 日，中央有关部门领导在北京首都专门就平远问题进行了动"大手术"的行动方案：

　　要在平远地区开展一场严厉打击贩枪、贩毒等严重刑事犯罪的斗争！

随即，"平远地区严打领导小组"成立。

同月 12 日、25 日、27 日，云南省委、省公安厅及有关部门领导，就如何实施这场武装斗争反复研究，制订斗争方案。

为打乱平远地区黑社会势力的指挥系统，使其无法有组织地抗拒执法，省委指示文山壮族苗族自治州，在行动前将文山地区基层干部和宗教神职人员组织到沿海考察参观。

旋即，云南武警边防总队、内卫总队、省公安厅悄然中紧张地忙碌起来。战地救护队、医院、通讯组、后勤组、宣传组纷纷整装待发。

8 月 31 日清晨 6 时 30 分，血与火的拼搏从这时开始，平远军事大扫毒拉开战幕。

晨雾中，公安武警战士首先包围了世界大毒枭坤沙的保镖马明的豪华住宅。

别看马明今年仅 25 岁，可他已经贩毒、贩枪将近 10 年。他在文山至昆明的公路边盖起了两层楼的住宅，银白色的马赛克镶贴外墙壁，熠熠闪光。

作恶多端的马明知道自己罪孽深重，早晚有一天要掉脑袋，他在建新宅时，故意将厨房和住宅楼用七拐八转的楼梯连通，还特意在厨房后墙开了一道小门，在二楼配放了快枪和充足的子弹，随时做顽抗的准备。

担任抓捕任务的是武警云南边防总队文山支队一中队的战士们，当他们一脚将马明家门踹开后，激烈的枪战就此打响。

马明在屋里以冲锋枪、手榴弹疯狂阻止向其靠近的公安武警。中队长李小平奋勇冲进室内，不幸身中数弹倒下。

见状，省公安厅干警张滇生、李于辉冒着激烈的枪弹大喊一声："火力掩护!"便猛冲上去，将负伤的李小平救了出来。

3 枚催泪弹在马明家院中爆炸，武警杨德等搭人梯攻进马明家院子，占领了制高点，并令马明家属出来劝马明投降。

打红了眼的马明更加疯狂地反抗。在战友掩护下，杨德破窗而入，将马明从二楼逼到一楼。

马明利用熟悉地形的优势，向杨德打来几梭子弹，几声枪响，杨德的头盔和作训帽被打掉在地，头部负伤昏了过去。当满脸是血的杨德苏醒后，听到枪声还在响着，便一把抹开遮住眼睛的血，抽出六四式手枪。

马明见杨德活了过来，忙投出一颗手榴弹。此刻，武警总队副参谋长周富祥带领增援部队赶到了现场。

杨德破门而出，转身抱起炸药包，将马家高大的围墙炸开了一个缺口。

马明见围墙被炸开，急忙跳窗而逃。

正在追击的第三支队十中队中队长杨波、特警中队班长王德云、皮继余眼疾手快，抢先开火。一阵猛射，将马明打翻在水沟内，穷凶极恶的大毒枭当场毙命。

与此同时，在另一座深宅大院里，也进行着激烈的枪战。抓捕罪犯马慈林的战斗也打响了。

34 岁的马慈林，是平远地区有名的恶霸和黑帮骨干。两年前，马慈林因贩毒，被富宁县公安分局费尽周折，在平远外围抓获，后被法院判处死刑。但这家伙竟在押赴刑场执行枪决的前两天，神秘地越狱出逃。没过几天就安然回到小石桥他那豪华的住宅，继续在这"法外之地"过着为所欲为、悠闲自得的糜烂生活。

在抓捕马犯的队伍中，有一名砚山县公安局的民警，他叫高文亮。说来也巧，这高文亮和马慈林是童年时代的好伙伴，可现在，一个是维护法律尊严、保卫人民利益的卫士，而另一个则成了贩毒集团中的大毒枭。

马慈林的家是一个大院套 3 个小院，前半部分是临街开设的小卖部，有几间瓦房和屋后一个水井房；中间的大院为起居区，由一座建筑精美、装修豪华的两层别墅式楼房及一大三小4个花坛组成，专门另设一道滑动铁门；后院为一个厕所和一块菜地，其中除从楼房左侧和院墙之间有一条通道连着前后3个院子外，走过两道正门进入楼内，通过一间厨房，也可直通后院。

马慈林的房子坚固复杂，外贴棕色硬质瓷砖，内设有暗室、夹墙，正面铝合金大窗户上安着茶色玻璃，从外边难以看到屋内的情况，易守难攻。高文亮和战友们在马家门外高声喊道：

"马慈林，你被包围了，赶快放下武器出来投降！"

"哒、哒、哒！"马慈林回应大家的是持续不断的枪弹。这个穷凶极恶的家伙决心顽抗到底。

公安武警从侧门冲上二楼。当中队长宠如宝和干警黄云高、苏太德、高文亮等人返身搜到一楼厕所时，突然，一阵激烈的冲锋枪子弹扫了过来，干警黄云高当场壮烈牺牲。

"为黄云高同志报仇！"

公安干警、武警官兵含着热泪冲向马家大楼，顿时，楼里枪声大作。

马慈林受不住强大的攻势，仓皇退下一楼，在暗道内、夹墙里跳来跳去。很显然，他是企图从暗道越过厨房后门，跳出后院逃走。

看出马犯的动机后，高文亮和部分战士抢先来到后院，堵住马犯的去路。

当马慈林越过厨房后门，准备跃院逃走时，高文亮和战士们出现在马犯的跟前，将其一枪毙命。

英勇的武警官兵、公安干警经过一个多小时的激烈枪战，终于攻克了平远街这两座最顽固的"碉堡"，打开了进入平远地区的大门。

公安干警、武警官兵、工作队员进村了。

违法犯罪分子端着子弹上膛的枪跑上了山。

在这种情况下，如何布置下一步行动？省公安厅驻平远的"严打"指挥部总指挥刘选略命令：

"强攻停下来！但严打的声势不能冷下来，立即派广播进村寨，宣传省委关于限期劝犯罪人员投案自首的两个《公告》！在通告限定的一个月内，要让跑上山的人自己跑回来！既要制服罪犯，又要保全自己，保护群众！"

进驻村寨的公安干警、武警官兵露宿在露天场坝里，天当被盖，地当床垫。

村寨里清真寺宽敞温暖、墙洁屋净，更有豪华楼宅，可执法人员宁可风餐露宿，决不违反纪律进入清真寺、进入私宅。

他们尊重回族风俗习惯，住在村里不吃猪肉，炒菜时不用猪油，坚持吃清真伙食。公安干警、武警官兵的言行举止，终于化解了紧张的气氛。

随后，严打部队开展了强有力的宣传攻势。宣传车在7个村子和人山人海的街上，反复宣传这次严打的目的、意义和省政府的两个《通告》，限令有违法犯罪行为的人，在10月30日前投案自首，争取宽大处理。

宣传解除了群众的疑虑。于是，商店照常开门营业，学校照样上课。

与此同时，严打指挥部决定派出 20 支尖刀分队进驻重大犯罪分子家中，依法没收其豪华住宅和非法所得。

9 月 4 日，三支队一中队、二中队组成的尖刀分队分别开进毒犯王粉英、沙国柱、马平福、马文伟、沙全彪、金跃清等罪犯的私宅，并立即占领各村制高点，构筑防护工事，控制交通要道。

武警总部联络组李占田副处长和三支队参谋长单奇伟，率领小分队首批进驻金、沙两家，在犯罪团伙的"心脏"插上了尖刀。

插尖刀的成功举动，为夺得更大的胜利奠定了基础，也强烈震慑了犯罪分子。

尖刀分队日夜监视周围罪犯的活动，住在沙国柱家对面的大毒枭马品彪被这一行动吓破了胆，在自己家中畏罪自杀。从他家中缴获海洛因 7.25 万克。

9 月 5 日夜，尖刀分队的红外夜视仪正在监视着周围的动静，突然，显示屏上出现一个背东西女人的身影，她朝清真寺方向走去。不一会儿，只见她停下来朝四周望了望，将背的东西慌忙埋入地下。

第二天，尖刀分队和公安干警包围了这户人家。那女人当着围观群众说："我没埋东西，不信，你们搜！"

公安干警耐心地告诉她："我们是想给你个坦白的机会，你还是自己挖出来为好！"

可那女人仍不领情，硬着头皮说道："真的没埋过什么!"

为此，参谋长单奇伟一声令下："好，挖!"

战士们一阵挖掘，那包东西暴露出来。打开一看，是一包专门用于毒品掺假的非钠西丁。

在确凿的罪证面前，那个不法女人终于低下了头，被迫交出了一辆用毒资购得的标致牌豪华轿车。

尖刀分队初战告捷，打乱了犯罪分子的如意算盘。大军兵临城下，罪犯末日已近。

9月6日，星期天，这是平远严打以来的第一个集日。犯罪分子的家人们纷纷走进山谷、密林，钻进岩洞，有的大声呼喊，有的轻声细雨，将政府对违法犯罪人员的宽大政策讲给藏起来的人听，于是，一些犯罪分子陆陆续续地走出山林投降自首。

9月14日，严打指挥部在平远召开了"宽严大会"，云南省委副书记尹俊、副省长赵延果断决定，对一名带头投案自首并立有大功的犯罪分子，免予处罚并当场发了奖金。这一举动让不少犹豫观望的犯罪分子看清了只有投案自首争取宽大处理才是生路。

会上，还公开宣布对首恶分子林洪恩、马惠春、王保恩、林洪周的抓捕决定，依法搜查了他们的居住地，展示了他们隐藏的毒品和武器。其他犯罪分子见状纷纷投案自首。

至9月20日，第一战役取得了决定性胜利。

为了对平远地区进行综合治理，严打指挥部命令全体官兵开展彻底清查犯罪人员的攻坚战。

9月25日，指挥部命令曲靖地区支队抓捕持枪杀人犯陈发元等4人，这伙罪犯荷枪实弹，企图负隅顽抗，拼个鱼死网破。

在这千钧一发之际，我方通过喇叭进行攻心战："你们被包围了，缴械投降是你们的唯一出路；负隅顽抗，只能自走绝路。何去何从，由你们选择！"

对方没有反应，空气顿时凝固起来！官兵们沉着冷静，继续喊话，瓦解罪犯："只要你们投降，一定会得到宽大处理，政府说话是算数的！"

最后，4名罪犯终于意志崩溃，颓丧地打出白旗，交出了冲锋枪2支、火药枪3支，手榴弹、地雷7枚，子弹326发等。

中寨27岁的马国民是一个藏得很深的毒枭。他投案后仅交出了一支冲锋枪、一支手枪，就是不交毒品。

武警云南总队副政委亲自组织力量，用3台宣传车在马国民家周围巡回宣传广播，宣传党和政府的政策法律。官兵们轮番做他家人的工作，使马国民打消了侥幸心理，交出了4.9万克海洛因和大批赃款。

9月30日，三支队官兵在罪犯马丕藏毒的辣椒地里挖出海洛因111.3公斤，创了缴毒最高纪录。

10月1日，九中队排长傅云松和战士张艺伟在茂克巡逻时，从一可疑处挖出一塑料桶毒品，重35.2公斤。

这两个战果大大鼓舞了参战官兵。

就这样，平远街经历了血与火的较量，进行了尖锐复杂的斗争。这个地区的 800 多名犯罪分子被完全揭露出来了，后又逐人依法作了处理。

1000 多公斤毒品挖出来了，1000 多支枪挖出来了，1000 多万赃款挖出来了，为平远地区的长治久安奠定了基础。

11 月 12 日上午，省政府在平远中学操场召开了宣判大会。大会宣布了对一批犯罪分子判处徒刑的判决，对立功赎罪者免予刑事处分的决定，宣布对贩毒、贩枪罪犯马正宇、马平福、林洪恩、马惠春等人判处死刑，立即执行。

10 时 30 分，正义的枪声宣告了平远地区毒恶势力的彻底崩溃。

边境缉毒

边境智破人体藏毒案

1995 年 2 月 11 日，在云南边境小镇德宏州潞西县的山地，潞西县芒海派出所所长杨应东在县公安局开完会后，即同本所警官姜和平、罗国清驱车赶回所里。

车在疾驶中刚转过一个弯，杨应东忽然发现前方公路上有两个徒步赶路的青年男子。

杨应东警觉地想："在这条长途公路上，怎么会有不乘车的人呢？除非他们是贩毒的人。"

他果断地命令："停车。"

芒海是一个口岸集镇，与缅甸重要的毒品集散地勐古阡陌相连而无天然屏障。从镇上可以乘车直达芒市，多年来，便利的交通条件和四处通达的边境线，使不少境内外毒贩把黑手伸向这里。

他们从境外购毒，再乘车或徒步逃过边检关卡，将毒品运到内地贩卖。芒海镇随时都处于激烈、复杂的反毒品斗争中。

两名青年男子见一辆警车突然停在了面前，不禁有些吃惊。

杨应东下车在两人身旁踱步观察，天上没有一丝风吹过，两个男人的裤腿却在瑟瑟发抖。杨应东心里一亮，大叫一声："不得了，这种藏法你们都想得到。"

杨应东命令其中一人脱去裤子，一包白色的异物严严实实包在避孕套内从其肛门部位被搜出。接着，第二包、第三包、第四包共计 160 克海洛因接连从这个名叫马国林的案犯的肛门内排出。

这时，马国林的同伴见势不妙，趁警官不备，几步逃入路边，很快消失在丛林里。

案件重大、藏毒手段卑劣鲜见，是这类毒品犯罪的一大特点。芒海派出所一边及时审讯马国林，一边将情况详细报告了县公安局。局领导和缉毒队马上研究部署，一张捕获贩毒分子的法网由此拉开。

在铁的证据面前，马国林交代出他的老板叫张金贵，一同前来德宏的同乡还有数十人，刚才逃跑的同伴马成义体内也藏有毒品。

缉毒队当日即赶往芒海带回马国林作进一步审讯。同一天下午，县公安局的另一部缉毒车行至芒海至遮放 22 公里处时，发现一名青年男子匆匆朝遮放方向赶路，神色慌乱。

警官立即停车盘问，对方满口掩盖不住的宁夏口音，神色极不自然。警官猛喝一声："马成义！"

"哎！"青年男子顺口答应。

果然是在逃犯马成义！他在逃跑了 8 个多小时后被抓获。接着，警官们从其肛门内搜出 122 克海洛因。

毒品搜出后，警官们的神情更加严峻。这一切证明：二马走私毒品背后隐藏着更严峻复杂的情况，要尽快侦破此案，干警们必须就面临的有关监控和搜查中出现的新问题迅速找出对策。

但二马在作了初步交代后，便不再吐露任何实情。

在抓获马国林的第二天，芒海派出所又在从芒海开往芒市的小客车上抓获了宁夏同心县毒贩李女虎，经搜查，李犯以同样的藏毒方式携带了110克海洛因。

又是一个重大的突破，尽管铁证如山，但审讯却是艰难的。李犯察言观色，断断续续挤牙膏似的东一榔头西一棒。她在与预审警官较智斗勇。就掌握的情况来看，即使现在抓获同心县籍的贩毒嫌疑人员，也拿不到毒品。因为据抓获的3人供述，毒品是在上路前才带到他们身上的，如果无法人赃俱获，就不能彻底有效地打击毒贩。

一直到13日上午，李犯终于交代说："今天有我们不少同乡要乘飞机上昆明。"李犯还交代："他们也是用这种方式藏毒品。"

潞西县公安局缉毒队闵勇进队长看看手表，时针已指向中午。时间紧急，必须立即赶往机场布控。他马上将案情汇报到县局和州公安处，得到明确指示后，即刻带着缉毒队的侦查员们迅即奔赴芒市机场。

这一天恰好是星期天，有4趟航班。机场候机大厅里人头攒动，挤满了等候办理登机牌的乘客。尽管如此，侦查员的锐眼还是从人堆中挑出了一个个可疑对象。

民航公安分局和民航站领导在得到情况通报后，立即投入力量协助配合侦破。同时向缉毒队提供了一个重要情况。

从 1994 年 12 月以来，就发现有同心县的人乘飞机上昆明，机场方面曾加强了查控，但没有查到毒品。

12 日，有两名同心县人因证件问题曾被扣留。当时两人惶恐万分，神情十分反常，经查询，没有其他问题。据售票处反映，有 20 个同心县人前来退了 13 日的机票。

民航公安分局的同志还告诉闵队长，昨天被扣留的同心县人张玉才和余建龙两人又来机场了，并指给闵队长看。

闵勇进与队友们马上将其二人带到机场的一间屋里进行审讯。

张玉才、余建龙两人很快镇静下来。几个回合后，两人的答复毫无破绽。

突然，闵勇进灵机一动说："你们认识马国林吗？"

两人一下子愣住了，闵勇进又说："他可是你们的老乡哟，还有马成义。你们也知道吧！告诉你们，他俩已被我们抓获了。他俩为什么被抓，在他们身上藏了什么？要不要我来告诉你们？"

听了这一连串的发问，张玉才、余建龙两人吓得双腿发抖，片刻，张玉才哭了起来，吞吞吐吐地说："我，我交代！"

张玉才和余建龙当着侦查员的面一共拉出 370 克精制海洛因。

其间，有 3 名同心县的乘机者觉出情况异常，慌慌张张逃离机场，但都被民航公安分局在外围监控的警官抓获。

比起这3人，另外一个男人要狡猾老练得多。他既不去办登机牌，更不进候机大厅，而是绕到大楼西侧，佯作观看飞机起落，实则不停地瞭望着候机大厅。

闵勇进暗暗观察了一阵，便走出楼外询问此人："我是机场管理人员，请出示你的身份证。"

男人从包里摸出一个证件递给闵勇进，闵勇进接过一看，上面的名字居然就是马国林等几人交代的"老板头"张金贵。

真是"踏破铁鞋无觅处"，闵勇进立即抽出一副手铐铐到了张金贵的手上。

审讯和收捡毒品的工作既累又脏。一包包毒品上沾满了臭气呛人的粪便。由于事先没有准备口罩，不少干警被熏得阵阵恶心，有的甚至呕吐起来。

抓获的毒贩中，有人由于将毒品置入体内深处，加之其携带毒品已一两天没有进食，很长时间没能将毒品排出，如果包裹物破裂，将危及其生命。侦查员们不顾脏臭辛苦，想尽办法，直到毒品安全地从犯人体内全部排出。

机场一战，共抓获同心县籍利用人体藏毒的毒贩28人，搜获毒品69包3911克，毒资数万元，以及一批其他赃物。

初审和清理毒品工作一直延续到14日凌晨4时，这起代号为"二一三"的案件初战告捷，情况立即报到德宏州公安处和上级公安机关。

根据上级指示，堵截漏网同案犯、扩大战果的工作在有条不紊地进行。

接到堵截命令的各检查站、卡都精心组织了查控警力，全力查堵其他参与贩运毒品的同心县籍毒贩。同时，在全州范围内以芒市为重点秘密侦查同心县籍"旅游"人员的行踪及落脚之地，待机抓获。

机场大捷，令其余同心县籍毒贩如惊弓之鸟，最远者当天就流窜到盐江县，妄图绕道内江，逃脱打击。但也有些狡诈之徒则以为最危险的地方，就是最安全的地方，因而胆大妄为，仍选择空中航线走私毒品。

2月15日，毒贩周双荣、叶雪香两人被民航公安部门抓获后送到潞西县公安局缉毒队。

审讯之初，叶雪香、周双荣两犯毫无惧色，口口声声称"冤枉"，要警方赔偿其名誉和经济损失。

在警方进行多次政策、法律教育之后，叶雪香、周双荣两犯仍拒不认罪。

审讯一直僵持到深夜，为保障两人的生命安全，必须尽快取出毒品。但两犯拒不合作，只好在法医的陪同下将二人送到州医院作检查、取毒品。

叶雪香、周双荣两犯一看瞒天过海之术将无情地暴露在科学的仪器面前，只得低声认罪。

边境缉毒

深圳侦破特大贩毒案

1995 年 4 月 24 日，深圳市公安局治安处治安二队的干警们得到一个情报，有一个贩毒团伙在湖贝路一带卖货，而且毒品交易数量极大。

当天，市公安局治安处处长梁富立即决定对这条线索进行追踪。

4 月 27 日凌晨 3 时许，便衣干警与毒贩联系人商定交易地点，定在罗湖区中兴路的一家酒楼。

当日下午，便衣干警扮成外地"买主"，来到即将交易的二楼水仙厅，坐在厅里等候货主上门。

这时，治安大队的队员们已在酒楼附近严加防范，就连厨房的后门也守好了。

14 时许，毒贩联系人"阿飞"带着一个男子走上楼来。

刚坐定当某某从口袋里掏出了一小包白粉，弹在桌了上，并把银箔纸和打火机扔到旁边对"买主"说："验货吧！"在毒品

"买主"不慌不忙地伸出手指机智地在白粉上蘸一下，又放到嘴里舔舔说："嗯，不错。"

经过一番讨价还价，他们商定每克 315 元。

随后，"买主"拿着笔在纸片上核算着价钱："350

克，应该是 11 万多元吧！这样，尾数就不要了，我给你个 11 万整数！"

货主高兴地说："好的，好的，痛快！痛快！"

看货主同意，"买主"立即当着货主和"阿飞"的面从一个皮包里取出 11 万元现金，紧接着又"哗"地撕开旁边的一块沙发布，将它们一起藏到了沙发里面。

"买主"藏钱的整个过程十分麻利、老练，让在场的货主和"阿飞"佩服地点了点头。

这个毒品货主离开后约 10 分钟，又返回水仙厅。

他对"买主"说："你要的货已准备好，价钱就那样定了。但我们老板要求先点钱后给货。"

"买主"坚决地说："不行，一定要一手交钱，一手交货。"

货主和"阿飞"又下去打电话去了。

借这个机会，"买主"在洗手间与治安二队的吕队长会面。吕队长马上向处领导汇报后，得到许可，处领导要求这个案子要万无一失，人赃并获。

20 分钟后，"阿飞"带着一个提着摩托车头盔的男子走了上来。

"阿飞"说："他们将交易地点改在路边。"

"买主"想了想，在路边交易十分危险，既无法跟踪毒贩，身边带着巨款也不安全，便对"阿飞"说："一对一坐在出租车里交易吧！地点由他们定。"

"这个，我们再商量！""阿飞"带着"买主"下楼离开。他们一起步行到湖贝村的一个弄堂里，"阿飞"让"买主"等在那里。

几分钟后，弄堂里出来7个人，围住了"买主"，其中一个还用枪顶住"买主"的头，对其搜身。可是，"买主"身上除了一张计算白粉价格的纸条外别无他物。

这时，"买主"生气了："做生意，没见过这样的！"

几个人耳语一阵后，对"买主"哈哈一笑："信你了，可以在车上交易。"说完"买主"与"阿飞"返回原地取钱。趁取钱的工夫，"买主"将沙发中藏的一只手枪悄悄放在了身上。

穿过中兴路，他们随手拦了一辆红色的士。坐车兜了一圈后，来到一个丁字路口，"阿飞"下了车，说："你们等着。"

不远处有七八个人，5分钟以后，其中有3人向车靠近。一人上了车，坐到了驾驶员的旁边。他说："货带来了，给钱吧。"

"买主"看这里环境复杂，况且毒贩人多，十分危险，便对这名毒贩说："你坐到后面来吧，我看看货。"

毒贩坐到后面来，从右裤口袋里掏出用黄色单面胶纸包着的白粉，交给"买主"。

"买主"要求司机："慢慢开，边走边看。"同时，他慢慢地将包打开，又是舔、又是看，等到的士开出300多米远的时候，"买主"一把将白粉收起来，并迅速地掏出了手枪，对准毒贩："不许动，我是公安局的！"

司机一听慌了，嘴里一直问："这是怎么回事?"

干警立刻命令司机："听着，你马上往前开!"

干警回身向车后的玻璃窗扫了一眼，后面已有六七个毒贩跟了上来。正在这时，身边的毒贩乘其不备，狠命地抢夺干警手里的枪支。

干警用手紧紧地握住枪，并死死地抓住案犯的脖子。干警明白，如果开枪，油箱可能引爆，带来的巨款和案犯的赃款将会变成灰烬。

想到此，他便将手枪插到了座位下面，徒手与案犯展开了搏斗。案犯垂死挣扎，牙齿死死地咬住干警右手的中指、小指，并将右小臂也咬伤了。

干警忍住疼痛，继续命令司机赶快开车，当车开到文锦广场中建工地时，司机将车停了下来。

案犯立即用脚猛地踹开了车门，滚到车下后立即逃跑。干警简略地嘱咐司机几句后，马上持枪追击。

在鸣枪警告无效后，干警朝毒贩开了一枪。毒贩大腿被击中，应声倒地。

干警马上冲上前，将案犯抓获，并缴获 350 克毒品海洛因。经过突审，这名贩毒犯名叫冯盛喜，20 岁，广东惠来人。这名案犯并交代出两个毒品藏匿窝点。

19 时许，根据审讯的情况，治安机动大队的 15 名干警携带冲锋枪，直扑湖贝路的两个窝点，从一间出租屋的硬纸袋、西服口袋里缴获毒品海洛因三大块及零星毒品，并缴获砍刀及天平秤、针筒等贩毒工具一批。

整整一个通宵，干警们对案犯冯盛喜继续进行审讯。案犯终于交代了供货老板的住址，湖贝路东升街。

次日 11 时许，干警们经过一个多小时的伏击守候，发现了主犯的妻子。干警们便尾随而从，一直跟到东升街一巷楼。

副大队长方小平带领干警上到四楼时，二队队长吕文举机智地用手提电话拨了案犯的手机，电话响了，就在楼上。

干警们立即扑上楼去。案犯的妻子打开了门，里面两个男子慌里慌张，这就是贩毒主犯胡武林以及专门送货的弟弟胡武昌，这些躲在阴暗角落的毒贩终于落入了法网。

这起贩毒案，深圳干警们共缴获毒品 1450 克，缴获毒资数万元，并将大毒窝成功捣毁，等待着这些毒贩的将是法律的严厉制裁。

四、 阻击毒源

● 姚玉良局长果断决定："将这批托运的金鱼
全部查扣，并立即向市公安局总值班室
报告。"

● 指挥部发出命令："一定要将他们截住，立
即拘捕。不许一个漏网！"

● 刑警老袁向大家建议道："咱们先不打草惊
蛇，而是等待时机，然后一网打尽。"

智破境内外勾结贩毒案

1988 年 3 月 9 日 12 时左右，上海虹桥国际机场执勤人员正在对准备搭乘 13 时 44 分起飞的波音 747 客货两用机的乘客和货物进行例行检查。

一个执勤人员在检查运往美国旧金山金鱼水族馆的 25 箱活金鱼时，突然发现了异常情况。

他看见装金鱼的塑料袋中水位很浅，他想，这样不会把金鱼干死了吧？

执勤人员又想，或许乘客是为了减轻分量，节省托运费吧？

但仔细一看，塑料袋已充过氧，里边的金鱼虽屈身于浅水，仍然摇头摆尾，条条鲜活。再一看，他竟发现里面有死鱼，而且是好几条比金鱼体大肚圆的锦鲤鱼。

这些生命力很强的混杂在活金鱼群中的红色死锦鲤鱼引起了执勤人员的疑心，他从袋中拣出一条死鱼来，猛然发现死鱼肚上有白色的棉纱缝线。

为什么要给鱼动手术？执勤人员疑团倍增，当即拆开线头，剥开了鱼肚。

秘密终于揭开了，鱼肚中藏着用避孕套和保鲜纸包装的白色粉末。经机场海关、边防、民航公安处等部门鉴定，这些白色粉末系海洛因。

执勤人员立即意识到事态的严重性，马上打电话向机场驻地所属长宁区公安分局报告。

长宁分局接到报警，火速赶到了这里。

警车闪着红灯，在25箱装金鱼的纸板箱边呈弧形状停稳。分局长姚玉良、副局长燕根华、刑侦队队长陈焕康、副队长郁士立和多名侦技人员先后从警车上跳了下来。

"全部开箱检查。"陈焕康队长率先指挥着侦技人员逐一打开了25箱金鱼。发现其中20箱混有死锦鲤鱼，而且死鱼肚上都有缝线。

姚玉良局长果断决定："将这批托运的金鱼全部查扣，并立即向市公安局总值班室报告。"

25箱金鱼很快运到长宁公安分局，由6位经验丰富的侦破人员进行全面检查。同时被带进分局的还有托运人朱昌夫妇。

侦技人员逐箱逐包地检查，小心翼翼地剪开死鱼肚上的棉纱线，取出一只只避孕套，倒出海洛因。经过两个多小时检查，他们在218条死鱼腹内共查获海洛因3300克。

托运人朱昌看着公安人员从鱼肚中搜出一包包毒品，早已吓得魂不附体，他大叫说："这不是我们的，肯定不是我们的。"

公安人员厉声问道"不是你们是谁的？"

朱昌头上冒汗说："这批货是香港华强金鱼养殖场黄昆明委托我们办的。"

朱昌递给公安人员一张纸说:"这里有委托书。"

公安人员接过一看,只见上面写道:

　　本公司委托朱昌先生,为本公司办理在上海购买托运转口金鱼至美国三藩市。拜托。

　　　　　　　　　　　　　　　黄昆明

原来朱昌是贩卖金鱼的个体户,前不久,他与"黄昆明"和一个姓卢的谈成一笔生意。即黄昆明、小卢向他购买 10 箱金鱼,而托运到美国的手续则由他代为办理。事成之后,黄昆明、小卢将对他重金酬谢。

接着,朱昌说:"后来那个黄昆明没有露面,一直是小卢来联系的。小卢还给了我 3000 元信用金。"

公安人员继续追问这两个人的具体情况,朱昌却一无所知。

"不过明天上午,我和小卢约好在江阴路金鱼市场碰头结账。"朱昌见公安人员怀疑地看着他,情急之下,忽然想起他和小卢的约定。

为了不打草惊蛇,侦破组决定欲擒故纵。对朱昌夫妇采取"一关一放"的策略,即将朱收容审查,组织力量突审,以搞清与"黄昆明"的关系;对朱妻则放出去进行外线控制。

朱妻被放出时,公安人员要她明天上午一定要准时出摊,千万不能露出丝毫破绽,一旦发现小卢,要立即按计划行事，不得有误。

第二天上午，朱妻的金鱼摊仍然设在她那日日如一的固定摊点。

9时30分，果然有一名男性青年神态异常地在人群中朝朱妻的摊位处挤来。朱妻也看到了这名男青年，她迅速向附近守候的侦查员使了个眼色。侦查人员接到暗示，知道"鱼"已进网，便悄悄地向男青年靠过去。突然，男青年犹如惊弓之鸟，扭头朝近处一间公用电话亭快步走去。

"绝不能让他溜走。"侦查人员迅速从隐蔽处冲出来，封死了周围所有的弄口。当男青年拿起电话，手指刚伸进拨号盘时，几名已悄悄挨近他的便衣以迅雷不及掩耳之势将他擒住。

经突击审讯，这名男青年正是小卢，全名叫卢竹良，现年31岁，曾因扒窃作案，多次被送劳动教养，现无职业，终日游荡在社会上，与他来往关系密切者，都是些不三不四的人。同时查明，那个被称作"黄昆明"的人真名叫王宗晓，也是本市居民，31岁，因走私被劳动教养过，解除劳教后，应聘在广州市皮革加工厂任供销员。卢竹良与王宗晓是1984年在上海黄浦区公安分局关押时认识的，后两人又同在江苏大丰农场劳教。卢竹良、王宗晓先后解教后，往来十分频繁，是"铁了心的哥儿们"。和王宗晓一起托运海洛因的还有一个名叫梁俊华的广州人，只有19岁。

据卢竹良交代，3月8日下午，梁俊华叫卢竹良一起从青年会宾馆乘出租车，到王宗晓以前的女友陈某家拿了两只旅行包，其中一只拉链锁着。回到青年会宾馆后，卢竹良看见梁拉开锁着的旅行包，里面是一包包"白粉"。接着他们就在宾馆客房里，剖开从市郊养殖场买来的锦鲤鱼肚皮，将"白粉"装进避孕套中，然后一袋袋塞进鱼肚里，从晚上一直干到次日凌晨。当夜一起干的有王宗晓、梁俊华、卢竹良和卢竹良的妻子冯玲。

作案时，王宗晓曾喜形于色地对同伙说："这批货运到美国旧金山的公司，可赚100多万元。这笔钱就分给你们了。以后搞了养鱼塘赚了钱再总算。"

干完后，他们不敢沿宾馆楼梯下去，生怕罪行败露。由梁俊华从四楼窗口扔下装着塞有"白粉"的死鱼包，卢竹良、冯玲、王宗晓在楼下接应，然后4人携包乘出租车去市郊鱼场装箱。约8时许，他们在鱼场装好20箱金鱼后，卢竹良又叫了一辆出租货车，把货装上车，由卢竹良一人押运到虹桥机场，将货交给朱昌后，即借故离开了。

侦查人员马上赶到青年会宾馆，了解到王宗晓和梁俊华共在宾馆里住宿了12天。而梁俊华也是广州新市供销社皮革加工厂的职工。

细心的侦查员在察看428房间与外界打电话的记录单时，发现王宗晓、梁俊华在住宿期间，曾多次向香港、美国、广州和苏州等地打长途电话，其中与苏州通话的次数最多。而苏州通话人是苏州吴县的许和尚。

上海市公安局刑侦处即与苏州市公安局联系，很快查实确有许和尚其人。

许和尚61岁，自85年起为广东韶安市供销公司收购蛇皮，经常出入广州。1984年8月，许和尚曾为港商倒卖珍珠被上海黄浦公安分局收容审查，在监房内结识了被关押在一起的王宗晓。两人臭味相投，出来后，往来非常密切。

许和尚肯定与贩毒案有关！侦破组旋即出击，派员火速赶赴苏州。10日凌晨，在苏州市公安机关的配合下，许和尚在当地被拘捕。

据许和尚初步交代：今年2月2日，许和尚与妻子准备从广州回苏州，临走前几天，王宗晓来到许夫妇住宿的广州黄花旅馆，王宗晓给许妻一包"奶粉"，即海洛因。"奶粉"是用灰蓝色弯曲条纹的塑料袋装的，约500克。王宗晓对许妻讲，这包"奶粉"是送给许和尚的孙子吃的。回家后，此袋一直未打开过。

据许和尚的儿子许建林交代，3月5日，王宗晓打电话到许建林厂里，叫他将"奶粉"尽快送到上海青年会宾馆428房间。第二天，许建林由苏州乘8时8分的火车到上海，一下车直接赶到青年会宾馆将"奶粉"交给了王宗晓。

为了搞清毒品的来源，侦查员将许和尚夫妇及儿子许建林由苏州押回上海。

从案发时始，仅一天的时间，上海市公安机关就已经初步掌握了这起国际贩毒案的轮廓，抓获了卢竹良、许和尚等人，查明了"黄昆明"和梁俊华的身份，基本弄清了王宗晓等人购买锦鲤鱼和加工锦鲤鱼肚中塞"白粉"的场所以及涉及的人员。还了解到梁俊华绰号叫"娃娃"，所供职的广州新市供销社皮革加工厂的老板是梁俊华的父亲梁德明。

可是，关键性的问题是由于王宗晓、梁俊华这两名有可能是主犯的人尚未归案，无法了解毒品的来源和整个贩毒过程的衔接环节。

发现贩运如此大量海洛因这种精制毒品的案件，新中国成立以来在上海尚属首次。看来毒品的来源不大可能是国内的，极有可能是从外面进来后，再从上海转道贩运往美国的。

侦破指挥部决定继续侦查王宗晓的下落，考虑到美方货主可能要与王宗晓联系，为防止美方货主产生怀疑，即使查到王宗晓的下落，也不急于抓人，采取欲擒故纵的策略，进行外线监控，将"戏"演下去，以引"大鱼"上钩。

不久，审讯室里的工作有了进展。据卢竹良补充交代，9日上午，卢竹良将20箱装有毒品的货送至虹桥机场离开后，立即打电话找王宗晓，但未找到。15时，卢竹良和市郊某养殖场的场主，即为卢竹良、王宗晓提供锦鲤鱼的人，在光辉咖啡馆找到了王宗晓，后3人一起到咖喱鸡饭店吃饭。吃饭时，场主与王宗晓谈价钱。场主提出要 8000 元，王宗晓同意，但说现在没有，以后付。场主不肯，坚持要现兑。

这时，梁俊华从外面进来，见状将一根金项链折价 4900 元给场主，以前已给过场主 4000 元。言明第二天再用现金赎回。后卢竹良、王宗晓、梁俊华 3 人来到卢家。王宗晓、梁俊华当晚睡在卢竹良家。

10 日上午，卢竹良准备出门去江阴路花鸟市场与朱昌碰头结账时，王宗晓对卢竹良说："我等你半小时，你不回来，我就去苏州借钞票。"

后卢竹良被当场抓获。

另据侦查员外围侦查，了解到王宗晓曾在 10 日 13 时，从上海某制线厂打电话给朱昌的妻子。19 时 15 分左右，王宗晓又打传呼电话给朱妻，询问卢竹良来过没有，声称货托运后，美国没有收到，并打听朱昌在哪里等，但王宗晓不肯透露电话号码和住址。此外，大约在 19 时许，也有一个传呼电话打给卢竹良，是由卢竹良的母亲接的，估计也是王宗晓打的。

王宗晓已经若隐若现，而且正在加紧活动。根据以上情况分析，侦破指挥部得出判断结论：王宗晓还不知道货在机场被卡，罪行已经败露，尽管他心中很虚，四处探听消息，但人还未离开上海。

王宗晓确实未离开上海。就在 9 日案发后不久，他还在同一个金鱼专业户谈"生意"时说："我要同香港方面联系，还要给美国方面打电话，询问货收到没有。如果没有收到我将立即离开上海。"

侦破指挥部在研究这些情况时认为，王宗晓与香港的联系说明，此案的幕后一定还有香港的不法分子。遂当机立断，在严密控制王宗晓的行踪，决不能让他逃跑的同时，尽快与香港方面取得联系，请他们协助侦查。此外，还要控制美国的收货人，防止罪犯闻讯潜逃。案情已到了全面开花，进行围剿的时候了，决然不可顾此失彼。

上海市公安机关迅速给美国旧金山的收货单位金鱼水族馆挂长途电话，告诉对方，因飞机货仓容量有限，原定9日托运的货物未能发出，将改在11日发出，以此稳住收货人。对方马上回复：货运单上可以只写电话号码，这样提货可以快些。

10日上午，中国警方官员来到美国驻华使馆，通报使馆二秘艾坚恩先生。中国警方决定，将扣下的货物恢复原样后，明日空运旧金山。同时派上海市公安局刑侦处副处长袁友根同机前往监送，与美国缉毒署合作进行侦控。

艾坚恩欣然表示同意。他还说，为配合中国方面的行动，美国缉毒署指派美国驻香港总领馆缉毒专员助手苏助理陪同袁友根先生前往旧金山。与此同时，国际刑警中国中心局将上海方面发现的王宗晓与香港通话的电话号码通报给国际刑警组织香港支局，并告诉他们王宗晓在香港的关系人，请他们协查。

频繁的电话、电报、电传，将中国和美国、内地和香港的警方密切联系起来。贩毒分子的行动在国际间的合作中，被严密注视着。一个突破性的发现，使案情迅速明朗化。上海侦破指挥部的侦查人员在一名案犯的身上，查获了一张香港康伦发展有限公司经理梁德伦的名片。

侦破人员乘胜追击，又进一步查明，梁德伦是梁俊华的叔叔，1971年偷渡去港，曾因来沪从事贩卖珍珠、外币等非法活动，被上海公安机关处理过。但梁德伦与王宗晓又是什么关系。他们是怎样认识的呢？

马上提审在押犯！经突击审讯，被抓获的案犯一致供认，他们企图走私贩运到美国去的海洛因就是这个梁德伦提供的。案犯们还交代了梁德伦之所以对王宗晓器重和信任，是因为在1984年王宗晓帮助梁德伦走私珍珠在上海被抓获时，王宗晓守口如瓶，一人揽下了全部罪责，没有把梁德伦"咬"出来。王宗晓为此被判处劳动教养3年。

原来如此。看来，梁德伦对王宗晓不仅仅是器重和信任，而且还是知恩图报呢。难怪王宗晓口口声声要与香港、美国等方面联系。那么，梁德伦又是在什么时间以什么方式把毒品交给王宗晓的呢？

显然，只有把王宗晓抓获归案，才能把一切事情弄个水落石出。

　　3 月 11 日，上海市公安局刑事侦查处副处长袁友根奉公安部的命令，在一天之内办妥了出国护照和签证手续。袁友根将在今天以中国高级警官的身份，乘中国民航航班，把重新恢复原样的 20 箱锦鲤鱼同机监押赴美国。美国驻香港总领事馆的缉毒官员苏助理已先期在 3 月 10 日飞抵上海。

　　13 时 40 分，袁友根身穿一套深藏青隐条西服，颈系一根玫瑰红丝绸领带，外披一件灰色薄呢大衣，与美国驻香港总领事馆的苏助理一起，朝大洋彼岸飞去……

　　已经是 11 日深夜了，美国、香港、广州方面差不多都开始行动了。可是，王宗晓和梁俊华仍不见踪影。时间紧迫，不允许犯罪分子再有互通音讯的机会，否则，将会功亏一篑。

　　侦破指挥部里灯光通明，主持常务工作的副局长易庆瑶与参战人员一起反复研究案情，决定迅速调整侦查方案，重点放在查找王宗晓、梁俊华可能投奔的关系人上。天边露出鱼肚白，侦破人员熬过了第三个通宵。

　　12 日 14 时许，侦破人员经过严密的侦查，终于发现了王宗晓、梁俊华等案犯的行踪，并掌握了他们约定在本市宝山路附近的汽车站碰头，企图逃离上海的确切情报。

　　"一定要将他们截住，立即拘捕，不许一个漏网！"指挥部向分散在各点进行侦查的侦查员发出了拘捕令。

　　各路待命守候伏击的侦查员接到命令后，分别从黄浦、虹口、闸北等区的侦控点，驱车疾速赶到现场，随即又分散隐藏在周围能避开视线的地方。

15 时许，王宗晓、梁俊华等人刚刚聚首在 65 路汽车站牌下，眼尖的侦查员一眼就从拥挤的候车人群中认出了他们。说时迟，那时快，从书亭旁、屋檐下、广告牌后几乎同时间出来的便衣警察，从不同角度一拥而上，以迅雷不及掩耳之势将他们当场擒获。王宗晓、梁俊华还未回过神来，手上已被套上了冰冷的手铐。

随即，侦破人员又马不停蹄地赶到王宗晓等人的藏匿之处搜查，又缴获了王宗晓等案犯未及藏入鱼肚托运而藏在另一案犯住处的海洛因 1200 克，连同 9 日在机场查获的 3300 克共 4500 克。

经过 75 小时的连续战斗，上海方面包括苏州在内的 12 名罪犯已全部依法拘捕归案。

3 月 12 日晨，中国高级警官袁友根乘坐的 CA983 航班抵达旧金山。美国警方将准备取货的 3 名贩毒分子捕获。

3 月 12 日 24 时，在北京打往香港的长途电话中，香港缉毒官布契尔告知内地警方："根据中方提供的情况，香港方面已于 12 日 20 时 45 分将梁德伦夫妇拘捕。"

3 月 13 日 5 时，3 名从上海赴穗的侦查员在广东省公安厅的帮助下，又将贩毒集团在广州的案犯梁德明捕获归案。

从上海发现毒品，到中国、美国、香港地区将所有案犯尽数捕获归案，总共只用了 89 个小时。

阻击毒源

上海抓捕美籍毒贩

1991 年 10 月 8 日，上海和平饭店的管道工小刘对北边楼的 707 客房冷热水管道作例行检查时，在盥洗室内部意外地摸出一包软乎乎的东西。

饭店保安部主任老李一看感觉像是毒品，立即打 110 报警。几分钟后，上海市公安局 808 刑侦队的警官们来到了这里。

在饭店保安部，警官们打开了那包东西，一股浓烈的香味扑鼻而来。

警官们说："不错，是大麻！"

他们来到 707 房间，再次对盥洗室顶部进行了检查。结果，在里面又发现了一包用塑料袋包着的咖啡色的东西！

经技术鉴定：这两包物品均属大麻类毒品，总计 9307 克。这两包大麻的纯度很高。

警官们迅速作出判断：这两包毒品是走私贩毒集团留下的，价值巨大，他们是绝不会把东西就这样扔在这里的。

刑警老袁向大家建议道："现在情况还不是很明朗，咱们先不打草惊蛇，而是等待时机，然后一网打尽。"

于是，一张密密的网撒开了。

但一转眼，两个月过去了，音讯杳然。

12 月 16 日，警方接到饭店方面报告，说有人指名要预订 707 房间时，松弛的神经末梢一下子兴奋起来了。

订房间的人名叫奥姆特，是美国体育记者，他由于不满足每年几万美金的收入，冒险干起了贩毒的勾当。

1991 年 12 月 12 日，在波音 747 客机上，奥姆特坐在靠窗口的位置上，向远处东北方向的云端眺望着。

这次航行的目的地是中国北京。

在他的旅行包里，有两只保温饭盒，在饭盒的夹层里面就藏着 1089.5 克大麻。

几天前，他在尼泊尔首都加德满都碰到了一个从事毒品走私多年的毒贩拉吉，这位尼泊尔人又卖给他了 1089.5 克大麻。

此刻，他心里正打着如意算盘：事成之后，起码可以到手 3 万美金。

在北京机场进关时，他把随身背着的旅行袋朝自动行李输送带上一放，然后做出一副镇定样子，混了过去。

12 月 14 日，奥姆特抵沪，住进了上海大厦 1517 房间。他真想直接住到和平饭店 707 房间，那里有两包自己在 5 月 15 日藏匿的大麻，现在得设法取出，然后找到在中国的买主，将那两包大麻连同自己随身带来的大麻一起卖出。但是，这样太容易暴露自己了。所以，他选择了上海大厦。

第二天上午，奥姆特以访友为名来到和平饭店，企图把藏在这里的毒品偷出去。

他先到 10 楼，后又到 5 楼，最后才到了 7 楼。

9 时，正是打扫客房最忙碌的时间。奥姆特对中国饭店的内部管理方式是比较熟悉的，他刚才在大楼上下转了一圈，就是等这个时机。他知道，有的服务员在打扫房间时，习惯于把客房的钥匙揣在手里，忙时，才会把钥匙随手放在服务台上，可今天这位服务员小姐似乎特别认真，手里的那串钥匙，让奥姆特馋得连口水也要淌出来，但偏偏始终不离手。

10 分钟过去了，还是没有下手的机会。

奥姆特感到不能再待下去了，于是，他三步并作两步走出了和平饭店。

走进上海大厦 1517 房间，他突然看见电话机旁有一张留言条："奥姆特先生，请为我们在上海预订房间。我们 18 日到。乔纳桑、斯蒂芬。"

真是"天无绝人之路"，奥姆特惊喜异常！

他这才想起，前几天在离开北京前，在飞机场候机楼认识了德国人彼尔乔纳桑和英国人保尔·斯蒂芬，分手时，自己把预订的上海大厦客房号留给了他们，让他们到上海时来找他。没想到他们要在这时候到上海来，真是太巧了！

但向来办事小心的他这时又自忖：如果打电话去订客房，不是把自己给暴露了吗？所以，他向和平饭店发了个电传，指定要 707 房间。

令他没有想到的是，这样做恰恰暴露了他的行踪。

12 月 18 日下午，乔纳桑和斯蒂芬一下飞机，就直接驱车来到了和平饭店，并和奥姆特接通了电话。

"哈罗，我是奥姆特，晚饭后我到你们这里。"

20 时许，他来到了 707 房间和两位朋友寒暄了一会儿，就以肚子不舒服为由，迫不及待地进了盥洗室。

一进门，他就紧紧插上了门闩，然后一伸脚，飞快地踏上大理石脸盆台，一把掀开天花板活动门，从里面取出了那两包价值数万美元的大麻，又把天花板门关好。整个过程加起来不到 5 分钟！他把大麻放在随身带来的包里，然后和两位朋友告辞，匆匆走出了和平饭店。

奥姆特取到了货，但心里并不轻松。他虽然已经干了许多次，但他每次携带毒品时，总有一种惊恐不安的感觉。他立即步行来到外滩那座被称为"情人墙"的地方，去找他以前经常联系的买毒品的人。

寒风凛凛，江水哗哗。奥姆特瞪大了眼睛，拼命在成双成对的人群中寻觅着，可"情人墙"边始终没有看见熟悉的身影。他只得先回上海大厦。

奥姆特在床上翻来覆去睡不着，想到事情已成功一半，只等买货人取货时与他讨价还价了。直到凌晨两三点钟，他才迷迷糊糊地进入梦乡。

可没多久，他就被一串清脆的门铃声惊醒了！

"谁?"没人应声。

"谁?"他加大了声音，还是没人回答。

他拨通了饭店的报警电话。值班人员告诉他，这是上海公安部门为了保证中外旅客的安全，正在对客房进行检查，希望他能够协助。

奥姆特披上衣服，把门打开了。神情威严的中国警官站在他的面前。

"你们这是？"

"你就是奥姆特吗？"一位高个子警官用英语问。

"不错，有什么问题吗？"

"奥姆特先生，请你把床底下的包拿出来！"警官冷静地一字一顿地说。

听到这话，奥姆特倒抽了一口冷气："你们要看包干什么？"

"请你把包拿出来！"警官又重复了一遍。

奥姆特抖抖索索地把床底下的那只灰色旅行包拖了出来。"请把它打开！"

奥姆特拉开拉链，"哗啦啦"，20多块咖啡色的东西滚到地上。与此同时，奥姆特的头像一只泄了气的皮球，无力地耷拉在胸前。

1992年4月21日，上海市中级人民法院依据中国有关法律，以非法持有毒品罪对奥姆特作出一审判决：

判处奥姆特有期徒刑15年，并处罚金人民币一万元。

本书主要参考资料

《毒品在中国》 马模贞著 北京出版社

《禁娼禁毒》 马维纲著 警官教育出版社

《中国毒品史》 苏智良著 上海人民出版社

《中国大决策纪实》 黄也平主编 光明日报出版社

《中国禁毒风云录》 胡杉 玲涛编 中央党史出版社

《中国禁毒历程》 蒋秋明 朱庆葆编 天津教育出版社

《禁毒全书》 苏智良 赵长青主编 中国民主法制出
    版社

《毒品犯罪及对策》 欧阳涛 陈泽宪主编 群众出版社

《从虎门销烟到当代中国禁毒》 凌青 邵秦编 四川人
    民出版社

《共和国风云实录丛书：大禁毒》 喻晓东 李云东编
    团结出版社

《中南海三代领导集体与共和国政法实录》 严书翰主
    编 中国经济出版社